Ludovic Roubaudi

Nachrichten aus der Provinz

Ludovic Roubaudi

Nachrichten aus der Provinz

Roman

Aus dem Französischen
von Gaby Wurster

SchirmerGraf Verlag
München

Von Ludovic Roubaudi liegen im Schirmer Graf Verlag vor:
Der Hund von Balard (Roman, 2004)
Die Feuerwehrfrau (Roman, 2005)

Die Originalausgabe erschien 2006 unter dem Titel »Les chiens écrasés« bei le dilettante in Paris.

ISBN 978-3-86555-032-3

Umschlagillustration: Victoria Sawdon, London
Gesetzt aus der Berthold Caslon
Satz: Uwe Steffen, München
Druck und Bindung: Ebner & Spiegel, Ulm
Printed in Germany

www.schirmer-graf.de

Für Fräulein K.

1

Und dann dieser Quatschkopf, der ständig auf die Familie anstößt. Einen auf die Verstorbene. Einen auf Papa. Und einen auf Mama. Auf die Tanten und alle lieben Anverwandten … das hört gar nicht mehr auf. Und je mehr Alkohol die Kehlen hinunterfließt, desto mehr gehen unsere guten Manieren flöten. Schon wanken wir auf unseren müden Beinen, geben nur noch Gebrabbel statt Beileidsbezeugungen von uns. Und fangen an, blöd zu grinsen und zu lachen und uns bei jeder dämlichen Zote mit dem Ellbogen anzurempeln, das Ganze im hellen Glanz der Christbaumkugeln vor dem Plastikbaum. Echt schlimm.

Und noch mal prost, weil's so nett ist! Doch dieses Mal lehne ich ab und verlange ein Glas Orangenlimo, die vom Laden an der Ecke. Eine große Plastikflasche mit rotem Etikett; darauf steht in gelber Schrift zwischen kleinen schwarzen Blubberblasen das Wort »Spritzig«. Doch das ist ein Trugschluß. Das Zeug ist noch schlimmer als ihre Rotweinschorle (ein fürchterlicher Fusel, den sie mit Limo versetzen). Hundert Prozent Chemie … Bäh.

Der Vater ranzt mich an: »Sieht nicht gut aus, unser Journalist. Hast du Hunger, Junge?«

»Na ja, irgendwie schon … Wir haben seit heute morgen nichts gegessen.«

»He, Mutti, hast du mal was zu beißen für unsere Journalisten?«

»Nein, nein, Madame, machen Sie sich keine Umstände. Wir müssen sowieso gleich weiter. Los, Casa, packen wir's.«

»Wenn du meinst, Großer. Packen wir's.«

»Na, kommt, noch einen für unterwegs.«

»Nein, nein, wir müssen wirklich los … Es ist schon spät, wir müssen noch ein Restaurant und ein Hotel suchen.«

»Ach was, hier werdet ihr sowieso nichts mehr finden, was offen hat. Ihr müßtet wieder zurück nach Arras, aber da ist auch nicht viel mehr los. Eßt doch einfach mit uns.«

Und schon ist die Falle zugeschnappt. Mist, elender! Wie kann man in so einer Situation nein sagen? Mit dem Sarg der Tochter auf dem Eßtisch und der ganzen trauernden Familie drum herum? Da kann man sich nicht einfach verdrücken. Da kann man nicht sagen, man hat die Nase voll von ihrer überheizten Bude, von ihrer Tragödie, die genauso ist wie alle anderen, von denen Casa und ich Woche für Woche berichten, man hat genug von ihren blöden Visagen, ihrem schlechten Essen und ihrem billigen Wein, der im Magen brennt und das Hirn auffrißt, man hat die Nase voll, von einem Elend zum nächsten zu ziehen und so zu tun, als würde es einem nichts ausmachen, die Nase voll von diesem ganzen Weihnachtsplunder, von dieser aufgesetzten Glückseligkeit.

Aber was hätte ich zu diesem Vater sagen sollen, der mich so hoffnungsvoll ansah? Zu dieser ganzen Familie, die fast verging vor Angst, wieder allein am Sarg der Tochter zu stehen mit nichts als ihrem Leid und der Unfähigkeit, dieses Leid in Worte zu fassen. Was hätte ich tun sollen?

»Das ist wirklich nett … Ich weiß gar nicht, wie ich Ihnen danken soll.«

»Kein Thema. Wenn man sich nicht gegenseitig aus der Patsche helfen würde, wäre das Leben wirklich hart.«

Casa und ich waren am selben Morgen in diesem Kaff angekommen. Er nannte sich Casa, weil er in Nizza geboren ist – ein etwas zweifelhaftes Wortspiel, geb ich zu. Aber so war es nun mal. Dabei stand er eher auf Weißwein. Jeden Tag um elf Uhr mußten wir eine Kneipe aufsuchen, damit er sich einen hinter die Binde gießen konnte, sonst verwakkelte er jedes Bild, selbst die Duplikatnegative versaute er: will sagen, so sehr zitterte er, wenn er auf Entzug war.

Trotz allem war Casa der einzige Fotograf, mit dem ich gerne Reportagen machte. Erstens war er gewissenhaft, zweitens war er nett und zuverlässig, und drittens war er heiter, wenn er getrunken hatte. Und Heiterkeit ist wichtig – bei unserem bescheuerten Job haben wir die verdammt nötig. Wir machen uns einen Sport daraus, tagtäglich neue Quellen der Heiterkeit zu finden im Sumpf der Tragödien, in dem wir herumwaten. Einen lustigen Menschen an seiner Seite zu haben ist also unbezahlbar.

Außerdem hatte Casa ein Auto, was immer besser ist als ein geliehener Wagen – einen blauen Renault 18 *American 2*, mit zwei silbernen Zierleisten über die ganze Länge auf Höhe der Türgriffe – sehr schick. Ich zog ihn immer mit seiner Karre auf. Das war ein Ritual zwischen uns. Wenn wir auf Reportage gingen und er mich abholte, spottete ich: »Weißt du, du siehst toll aus in deinem Cadillac, Casa … nein, ehrlich. Die Kiste macht aus dir einen ganz anderen Menschen. Ohne Witz – wenn du jemanden aufreißen willst, steig bloß nicht aus, das ist deine einzige Chance.«

Obwohl er aus dem Süden, wie gesagt aus Nizza, stammte, war Casa nicht von dieser typisch überschwenglichen Art. Nicht mal Pastis war sein Ding. Seine Eltern waren bretonische Bauern, die an die Küste gezogen waren, um dort ihre Arbeitskraft bei der Melonen- und Pfirsichernte zu verkaufen. Er war also eher wegen seiner Armut Südfranzose, nicht durch Abstammung.

Er war klein, hatte ein rundes Gesicht, einen braunen Schopf, der ihm nach links in die Stirn hing, und einen graumelierten Schnauzbart über dem Mund, der vom häufigen Lächeln nach oben gebogen blieb.

Er rollte das R – ein bißchen so wie die Radiosprecher in den dreißiger Jahren; eine Aussprache, die es nicht mehr gibt, sowenig wie den Pariser Jargon, verschwunden zugunsten des Vorstadtslangs, den jetzt alle Jugendlichen aus den Banlieues der großen Städte sprechen.

Wenn er gerührt war, packte er mit beiden Händen seinen Hosengürtel, zerrte daran und sagte: »O Mannomann.«

Das Fotografieren war nicht unbedingt seine Leidenschaft, es hatte sich einfach so ergeben. Mit sechzehn war er als Laufbursche zur *Air Liquide Group* gegangen, und der Leiter des Fotobereichs hatte ihn unter seine Fittiche genommen. Eins ergab das andere, und er kam ins Labor, dann zum Fotografieren und schließlich zur Presse. Er beherrschte die Technik, hatte aber nicht den »fotografischen

Blick«, was man aber auch nicht von ihm verlangte, genausowenig wie von mir.

In unserem Duo hatte ich die Aufgabe, die Artikel zu schreiben und die dürren Storys, über die wir zu berichten hatten, gegebenenfalls anzureichern.

Und um eben eine solche Story aufzudecken, waren wir in der Zechensiedlung Billy-Montigny gelandet, ein Bergarbeiterkaff in der Nähe von Arras. Eine herzzerreißend banale Geschichte: Das Opfer Christelle, ein achtzehnjähriges Mädchen, war von ihrem Freund abgeknallt worden, weil er fälschlicherweise dachte, sie betrüge ihn mit einem alten Knacker, dem sie zweimal die Woche den Haushalt machte, um ein paar Sous zu verdienen.

Casa hatte die Meldung in der Zeitung *La Voix du Nord* gefunden. Zunächst mal wollte ich ihn damit in die Wüste schicken.

»Die taugt doch nichts, deine Geschichte; darüber kann man keine drei Zeilen schreiben. Und außerdem – es ist Weihnachten, verdammt noch mal. Vielleicht sollten wir uns etwas in den Bergen suchen.«

»Vielleicht. Aber ich habe nichts gegen eine Sauerampfersuppe, eine Karbonade, ein bißchen Käse aus Bergues und eine Rotkäsekugel aus Avesnes. Hast du denn keine Lust, dir mal so richtig den Bauch vollzuschlagen?«

»Was ist denn eine Karbonade?«

»Kennst du das nicht?«

»Nee. Woher auch?«

»Na, so das kann nicht weitergehen. Ich sage Rochembault, daß wir gleich aufbrechen.«

Rochembault war Chefredakteur der Zeitung. Ein kleiner Glatzkopf mit olivfarbenem Teint, um die Fünfzig, Fünfundfünfzig. Vorstehender Bauch, aufgekrempelte Hemdsärmel über behaarten Unterarmen und ein goldenes Armband am rechten Handgelenk. Er beschäftigte sich mit unseren Berichten und den dazugehörigen Schlagzeilen, darüber hinaus überwachte er uns aus der Distanz, damit wir uns bei den Reportagen nicht einen allzu faulen Lenz machten. Morgens, mittags und abends mußten wir ihn anrufen und ihm unsere Rechercheergebnisse in allen Einzelheiten mitteilen.

Seit bestimmt fünfzehn Jahren war er nicht mehr selbst auf Tour gewesen, aber er kannte alle Tricks, schließlich hatte er sie selbst jahrelang angewendet. Man konnte ihm also nichts vormachen und ihm erzählen, daß die Sache sich hinzog, und dafür ein zwei Tage Urlaub auf Kosten der Zeitung herausschlagen. Hinter unserem Rücken rief er die ortsansässige Polizei an und das Gericht. Einmal, bei einem Mordfall in Îsle-sur-la-Sorgue, hat er sogar im Hotel angerufen, es war Sommer, und es gab einen hoteleigenen Pool, und er wollte sich vergewissern, daß wir auch ja morgens loszogen und erst abends wieder zurückkamen.

Dennoch könnte ich nicht sagen, daß Rochembault ein mieser Kerl war. Nein. Er war ein guter Chefredakteur und ein guter Menschenführer. Man fürchtete ihn, man respektierte ihn aber auch, weil er durch seine Beziehungen an Informationen kam, die wir uns nicht beschaffen konnten.

Oft zogen wir von unseren kulinarischen Gelüsten gesteuert los. Das gönnten wir uns, um bei Laune zu bleiben. Nicht in Edelrestaurants, nein – kleine Lokale, die wir im *Michelin* fanden und die unter Kollegen empfohlen wurden. Und oft erinnerten wir uns über das Essen an die jeweiligen Geschichten.

Hätte ich an jenem Tag gewußt, was uns Casas Rotkäse aus Avesnes kosten würde, hätte ich mir lieber ein Bein gebrochen und wäre dann dort hingekrochen.

Als erstes fuhren wir nach Arras. Wir trafen uns mit dem Redakteur der Lokalzeitung, um ein paar Infos, Adressen und erste Fotos zu bekommen. Die Redaktion befand sich in einer kleinen Straße mit Kopfsteinpflaster hinter dem arkadengesäumten großen Platz. Das Büro war eine echte Rumpelkammer mit grauen Wänden; auf einem riesigen schiefen Tisch standen große Ordner mit bordeauxroten Deckeln; dort waren mehrere Jahrgänge der Zeitung archiviert. Auf dem Boden lagen Versandtaschen, leere Schachteln von Filmdöschen, haufenweise Papier – ein Chaos ohnegleichen. An den Wänden Reiseplakate … und mittendrin: unser Typ.

Ein großer Phlegmatiker mit fettem Bauch. Sommers wie winters in einen fleckigen dunkelblauen Pulli gezwängt, darüber eine ärmellose Khakijacke. Sein graumeliertes kurzes Haar war aus der Stirn gekämmt, auf seiner Nase saß eine kleine, runde Nickelbrille.

Er hieß Martingal. Ich kannte ihn ein wenig, weil ich mit ihm bei zwei anderen Gelegenheiten zusammengearbeitet hatte. Nett, aber lahmarschig.

Wenn man versuchte, ihn anzutreiben, rieb er sich mit der Handfläche die Stirn, als wolle er eine Haarsträhne glattstreichen, die in der Zwischenzeit dort gewachsen war, und grummelte unverständliche Sätze voller Hms und Ähs. Abgesehen von dieser Langsamkeit, wäre er ganz brauchbar gewesen, hätte er nicht das Laster mit den Gäulen gehabt. Sein Gehalt ging regelmäßig dafür drauf – und nicht nur sein Gehalt: auch seine Frau, nachdem er zum x-ten Mal mit einem angeblich goldenen Tip bankrott gegangen war. Doch es half alles nichts; trotz Zwangsvollstreckungen, Gerichtsvollzieher, Kontosperre, Herzschmerz, Wohnungsverlust – er wettete weiterhin sein letztes Hemd auf die miesesten Klepper.

»Mein Problem ist, daß ich hier festsitze … In Paris wäre alles anders. Dort könnte ich mit den Trainern in Kontakt kommen – und dann, dann würde ich den Riesenreibach machen.«

Jedesmal fragte er uns, ob wir für ihn nicht eine Stelle bei irgendeinem Pariser Schmierblatt wüßten. Wir sagten nie nein. Wir sagten immer nur, daß wir uns umsehen und schlau machen würden, daß es aber schwierig sei, Stellen seien rar und gesucht. Jedenfalls konnte ich mir nicht vorstellen, daß es der gute Martingal in diesem Job weit bringen würde. Unterbringen konnte man ihn zur Not, aber dann … Nachdem wir also zwei Fotos des Opfers und Kopien von drei Artikeln bekommen hatten, die er zu dem Thema verfaßt hatte, luden wir ihn zum Mittagessen ein.

Casa bestellte seine Karbonade, ich die Sauerampfersuppe, Martingal ein Steak mit Pommes.

»Ich weiß nicht, was ihr aus dieser Geschichte rausziehen wollt. Das Ganze ist banal. Der Typ hat gedacht, sie setze ihm Hörner auf, und hat sie umgebracht. Das ist alles.«

»So gesehen gibt es tatsächlich nichts zu berichten. Aber ein Mord setzt sich aus mehreren Geschichten zusammen. Man muß sie nur aufstöbern und erzählen.«

»Mir ist das jedenfalls schnurz, das ist jetzt eure Sache.«

»Und warum hat der Mörder gemeint, er sei gehörnt?«

»Ach, keine Ahnung … Vielleicht hatte sie ja doch einen anderen. Oder es gab einen, der sie ein bißchen zu lange angeschaut hat. Ihr wißt doch, wie das in diesen kleinen Nestern ist. Mit Suff und Arbeitslosigkeit nimmt schon die kleinste Geschichte tragische Ausmaße an.«

»Wir kennen das. Wenn einem langweilig ist, erfindet man was, nur um zu spüren, daß man lebt.«

»Und die Eltern des Opfers? Was sind das für Leute?«

»Sie ist Hausfrau, er arbeitet halbtags bei der Stadt; putzt die Klärgruben.«

»Geschwister?«

»Zwei ältere Schwestern, sie arbeiten hier in der Gegend.«

Knappe Informationen; typisch Martingal.

Gegen vier Uhr kamen wir in Billy-Montigny an. Drei-, viertausend Einwohner, die hauptsächlich in einer Häuserflucht entlang einer Durchfahrtsstraße voller Lastwagen und Pkws wohnten. Die roten Backsteinfassaden schwarz von Ruß und Auspuffgasen, und über die ganze Länge war dieses triste Band von den roten, orangeroten und gelben Lichtern der Discountmärkte durchlöchert. Möbel, Fernseher, Fressalien … Und an den Häusern blinkten im ersten Stock Leuchtgirlanden mit roten und grünen Christbäumen, goldenen Schlitten und »Frohe Festtage« matt vor sich hin.

Die Eltern der Toten wohnten nicht an der Hauptstraße, sondern ziemlich abseits, in dem, was von der Zechensiedlung unterhalb der Abraumhalde noch übrig war. So eine Halde sieht aus wie ein Hügel, ist aber dunkel und von grünem Schorf überzogen, der hier und da die schwarze Oberfläche bedeckt; weiße Fumarolen steigen in den grauen Himmel wie Dunst aus der Vergangenheit. Und am Fuß der Halde stehen lotrecht dazu die Zechenhäuser.

Die Andeutung einer Siedlung, verloren im Nichts. Ein einfacher Weg, gesäumt von Häusern, die sich gleichen wie ein Ei dem anderen … Einfriedungen aus zerfressenen Hecken trennen die Vorgärten, verlassenes Spielzeug liegt herum, ein kümmerlicher Pfad aus ockerfarbener Erde führt zur Haustür. Links ist das Klohäuschen mit einer Kanne unter dem Hahn statt einer Wasserspülung. Und genau vor der Haustür die gepflasterte Abflußrinne, die bis ganz hinten zum Teich führt.

»Wenigstens weiß man, was die Nachbarn essen«, hatte mir einmal in einer anderen Zechensiedlung eine Frau gesagt, als sie die gelblichen und rosafarbenen Körnchen, Reste eines Couscous, durch die Rinne schwimmen sah.

Drinnen gibt es eine Kochzeile, ein Wohn- und zwei Schlafzimmer. Und dann – klebrig an den Wänden, drückend unter der Decke, auf dem Boden, in der dicken Luft: die glühende Hitze des Ofens, der randvoll ist mit Kohlen und in der Ecke bullert. Diese Hitze ist der einzige Luxus, den sie haben, und den gönnen sie sich auch.

Sie waren nicht überrascht, uns zu sehen. Sie waren Leser unseres Schmierblatts und fühlten sich geehrt. In der Ecke des Wohnzimmers, gegenüber dem Fernseher gleich neben dem Christbaum, saß der Vater in einem Sessel, dem einzigen Sessel im Haus. Er hatte schwarzes Haar und einen langen Schnauzbart, trug eine grüne Weste und Pantoffeln. Die Mutter in der rosa Bluse stand; die beiden Töchter in Ledermänteln mit Webpelzkragen saßen auf dem Sofa, Tanten, Freunde, alte Frauen auf blauen Küchenstühlen. Und mitten in dieser bevölkerten Stille stand Christelles Sarg wie eine Trophäe auf dem Tisch.

So etwas hatten Casa und ich noch nie gesehen. In unserem Job sprach man von den Toten, ohne sie jemals zu sehen – das heißt, nur auf den Fotos in unseren Unterlagen. Wenn überhaupt.

Wir haben etwas mit ihnen getrunken, damit sie uns von der Tochter erzählen, ihrem Leben, ihrem

Tod, den Todesumständen. Ein Glas, zwei, drei … Casa ließ sich immer wieder einschenken. Und dann auch noch die Einladung zum Abendessen.

Natürlich mußte man irgendwann Platz schaffen, für die Teller. Also packten Casa, der Vater und ich den Sarg unter den Tisch, weil es in diesem winzigen Zimmer keinen anderen Platz dafür gab. Die Mutter deckte den Tisch, und wir setzten uns – die Füße auf dem Sarg. Casa und ich sahen uns wortlos an. Alles klar. Wenn wir das eines Tages unseren Kumpeln erzählten, würden wir ganz sicher einen Brüller landen.

2

Es ist immer das gleiche. Die Eltern stellen das Opfer als Engel dar, die Familie des Täters hingegen redet nur schlecht von ihm. Das ist logisch. Jeder versucht auf seine Weise, mit dem Leid fertigzuwerden. An uns ist es, die Aussagen gegeneinander abzuwägen, in der Hoffnung, uns der Wahrheit über die betreffende Person anzunähern.

Selbstredend war Christelle in jeder Hinsicht ein braves Mädchen, gewissenhaft, fleißig und nicht so ein leichtfertiges Frauenzimmer.

»Sie machte keine Geschichten, sie war anständig.«

Und dann gab es die andere Version.

»Ja, ja, sie tat immer so brav, dabei hat sie die Leute um den Finger gewickelt. Unser Sohn ist ein einfacher Junge, völlig harmlos. Schon als Kind hat er sich immer drankriegen lassen. Und bei ihr ist er in die Falle getappt.«

»Sie sagen, sie hätte Ihren Sohn dazu getrieben …«

»Das ist die Wahrheit, Monsieur. Fragen Sie doch im Viertel, dann werden Sie schon sehen, daß unser Junge einen guten Ruf hat. Anders als sie.«

»Inwiefern?«

»Ich sag Ihnen, was man sich hier erzählt. Und genau das hat unseren Jungen verrückt gemacht. Sie haben sicherlich gehört, daß Christelle sich bei Monsieur Delacroix etwas dazuverdient hat. Er war Bergbauingenieur – er hatte also genügend Geld, um sich Personal zu leisten. Aber glauben Sie wirklich, daß sie sich mit ihren Putzstunden all die Kleider kaufen konnte? Ich weiß sehr gut, was man dabei verdient, ich gehe nämlich auch putzen. Die Christelle hat dem Alten nicht nur den Haushalt besorgt, das sag ich Ihnen.«

»Hat sie mit ihm geschlafen?«

»Das habe ich nicht gesagt! Aber sie hat was anderes gemacht.«

»Was denn?«

»Was damit zu tun hat, daß der alte Delacroix ein Badezimmer hat und Christelles Eltern nicht.«

»Entschuldigen Sie, aber ich verstehe nicht, was ein Badezimmer damit zu tun hat.«

»Ich sag Ihnen doch, die ist nicht zum Putzen hingegangen, sondern zum Baden, die Christelle. Und der Alte hat ihr beim Waschen zugesehen und ihr Geld dafür gegeben. Das ist die ganze Wahrheit, Monsieur. Und das hat meinem Jungen das Blut in den Kopf getrieben. Wie würden Sie es denn finden, wenn man Ihnen erzählt, daß Ihre Frau sich vor Ihrem Arbeitgeber wäscht? Was würden Sie denn machen? Für mich ist das so, als würde man mir sagen, man hätte mir Hörner aufgesetzt.«

Oh, ich weiß, was man über unsere kleinen Geschichten denken kann. Daß sie alles andere als toll sind. Daß sie sogar ziemlich ätzend sind. Deshalb nennt man uns auch Aasgeier. Deshalb hält man uns für Dreckskerle. Und schockt mich das? Bedrückt mich das? Nein. Denn wir alle kennen die heimliche Regel der »Vermischten Nachrichten«: Tun wir ein paar gute Geschichten auf, rühmt die Branche in den ersten Jahren unsere investigativen Fähigkeiten, unser Gespür, unser Gefühl für die Nachricht, wir werden hofiert, bekommen Angebote. Und eines Tages, ohne daß man so recht erfährt, wie und warum, hält uns die Branche nur mehr für Aasgeier, die sich an der Tragödie weiden, die im Abfall wühlen, und die alten Bekannten wollen einen plötzlich nicht mehr kennen. Aus ist es mit dem hoffnungsvollen Potential. Dann ist man nur noch Abschaum, jemand, der sich an seine Zeitungsrubrik klammert wie ein Hund an seinen Knochen.

Ist das grausam? Nein. Ich denke sogar, daß es gerecht ist. Denn, ehrlich gesagt, was sind denn vermischte Nachrichten? Die Hohe Schule des Journalismus! Mag sein. Aber vor allem ist das Ganze eine Abfolge mieser kleiner Geschichten: der Mann, der seine untreue Ehefrau erwürgt; die Geliebte, die den Liebhaber vergiftet, weil er seine Frau nicht verlassen will; der schäbige Dieb, der alten Menschen einen Schraubenzieher ins Knie rammt, damit sie ihm verraten, wo sie den Sparstrumpf versteckt haben; der Alki, den das Geschrei seines Kindes so nervt, daß er es aus dem Fenster wirft; das alte Ehepaar, das sich aus Streit ums Fernsehprogramm gegenseitig mit Küchengeräten verprügelt; die alleinerziehende Mutter, die keine Rechte mehr hat, den Kopf in den Gasherd steckt und das ganze Haus in die Luft jagt; das sonnengebräunte blonde kleine Mädchen, das im Hof spielt und das man dann auf einer Brache am Boulevard Jean-Jaurès findet, den Rock hochgeschoben und den Schlüpfer im Mund; die Mutter, die es zwischen acht Stunden Arbeit in der lärmenden Fabrik, drei Stunden Fahrt in der überfüllten Schnellbahn, zwischen Einkauf und Haushalt, Kinder in die Schule bringen und Tag für Tag kochen nicht mehr erträgt, daß ihr Mann sie jeden Abend kurz mal in dem kleinen blauen Schlafzimmer mit Blick auf den Parkplatz der Siedlung nimmt, und die ihn umbringt, weil ihr einfach niemand helfen kann.

Und dieser Mann aus dem Norden, kaputt von zehn Jahren Bergbau, fünfzehn Jahren Arbeitslosigkeit und einem Leben an der Flasche, sieht eines Tages, daß seine Tochter Brüste bekommen hat, und sagt sich, daß auch er ein schönes Mädchen in seinem Bett haben könnte wie die im Fernsehen, und vergewaltigt sie.

Und der Familienvater, dessen Kinder im Wagen schlafen müssen, weil er sich mit dem Mindestlohn nichts anderes leisten kann, und der eine Flasche Abflußreiniger austrinkt, weil er nicht einmal mehr die Kraft hat zu schreien.

Und diese Vorstädte, wo man von allem so weit entfernt ist, daß man keine andere Möglichkeit mehr sieht, als in Aufzüge zu pinkeln, um zu spüren, daß man wenigstens noch in der Lage ist, die anderen anzupissen.

In einer Tageszeitung gibt das drei Zeilen, aber wir machen daraus eine volle Seite, denn das Unglück der anderen erfreut all jene, die noch nicht ganz am Boden sind.

Also schön. Ich geb's zu: Wenn man lange genug in diesen Wassern dümpelt, wird man am Ende eben ein Aasgeier. Denn mit der Zeit und mit der Gewöhnung sieht man einen schönen Artikel, wo es nichts als Elend gibt. Dann ist man, ohne es zu merken, auf die andere Seite gewechselt, dann hat man kein Potential mehr, keine strahlende Zukunft … Es ist das Ende, nur weiß man es nicht.

3

»Das ist gut, die Sache mit dem Badezimmer! Daraus machen wir eine Schlagzeile. Fax deinen Bericht an Françoise, sobald du damit fertig bist.«

»Ich würde ihn lieber in der Redaktion schreiben.«

»Nein, nein, nein … Da gibt's noch was, was du dir in Arras ansehen sollst.«

»Noch eine Story? Nächste Woche ist Weihnachten, und …«

»Was heißt Weihnachten! Wir haben gerade mal Dienstag, und Redaktionsschluß ist am Samstag, ihr habt also noch jede Menge Zeit. Und außerdem ist das noch keine Reportage, Großer, das ist erst mal eine Recherche. Sag mir Bescheid, ob es sich lohnt.«

Rochembault hatte wieder eine seiner Phasen, unsere Fahrten möglichst effizient zu gestalten. Er kontrollierte unsere Spesenabrechnungen, verglich Restaurantpreise, zahlte für das Hotel nur eine Pauschale und wollte uns auf Teufel komm raus mindestens zwei Reportagen pro Woche aufs Auge drücken. Wir meckerten pro forma, aber wir wehrten uns nicht. Die Auflagenzahlen der Zeitschrift schwankten, und das wußten wir.

»Worum geht's?«

»Ein Problem zwischen Obdachlosen und einem Supermarkt.«

»Klauen die jetzt auch noch?«

»Wer hat von Klauen gesprochen? Ich jedenfalls nicht.«

»Na, ich weiß nicht … Obdachlose in einem Supermarkt …«

»Vielleicht kannst du mich ja mal ausreden lassen und mich nicht ständig unterbrechen, Großer!«

»Ja, gut, schießen Sie los, ich höre.«

Von der Telefonzelle ging ich zu Casas Wagen. Auf dem Beifahrersitz hatte er unsere Spesenrechnungen ausgebreitet. Er ordnete sie und legte die beiseite, die er nicht ausreichend hoch fand. Rechnungen zu türken war sein großes Ding.

Wir alle mopsten leere Quittungsformulare, um unser Spesenkonto aufzubessern, aber die Fotografen hatten daraus einen richtigen Sport entwickelt. Und Casa war ihr Manitu. Im Fotolabor der Redaktion gab es fünfundneunzig Fotopapierschachteln, wo jungfräuliche Hotel-, Restaurant-

und Taxiquittungszettel für jedes Département sowie verschiedene Stempel aufbewahrt wurden. Wenn sie von einer Reportage zurückkamen, überarbeiteten sie die Rechnungen.

»Wir werden ein paar Einladungen faken.«

Das hört sich jetzt wie Diebstahl an, dabei war es lediglich Tradition. Um es zu erklären: Jahrelang bezahlten die Zeitungen ihre Journalisten unregelmäßig, zum Ausgleich ließen sie ihnen bei den Spesen einen gewissen Spielraum – daher die Fotopapierschachteln. Es war eine unausgesprochene Regel, die beide Seiten akzeptierten. Die Redaktionen sparten Arbeitgeberbeiträge, die Journalisten bei der Steuererklärung. Jahrelang machte diese Vorgehensweise also alle nur glücklich. So hatte Casa zum Beispiel sein Landhaus in der Bretagne auf den wohlklingenden Namen »Spesa« getauft.

Dann kam Giscard, erst als Finanzminister, dann als Präsident, und hat diesem Brauch einen Riegel vorgeschoben. Die Gehälter mußten daraufhin neu berechnet, die Spesen streng kontrolliert und verringert werden.

Doch trotz der neuen Regelung und trotz einiger Exempel, die statuiert wurden, um die Anhänger dieser Tradition zum Nachdenken zu bewegen, möblierten und schmückten alte Hasen des Gewerbes wie Casa damals weiterhin fröhlich ihre Zweitwohnsitze über gefälschte Spesenabrechnungen.

Ich wußte, daß es nichts brachte, Casa zu ehrlichen Rechnungen zu überreden, aber ich wollte damit nichts zu tun haben. Nicht aus Redlichkeitsdrang, sondern ganz einfach, weil ich einige Wochen zuvor erwischt worden war.

Ich war mit einem anderen Fotografen auf Reportage in der Nähe von Paray-le-Monial gewesen; wir hatten in der Fotopapierschachtel 71 gefischt und eine zusätzliche Nacht in einem Hotel abgerechnet. Pech gehabt: Rochembault hatte die Rechnung überprüft und festgestellt, daß das Hotel seit mehreren Jahren nicht mehr existierte. Ich war mit einem saftigen Anschiß davongekommen und dem Versprechen, im Wiederholungsfall gefeuert zu werden.

»Mach dir keinen Kopf wegen der Spesen. Wir sind ja noch nicht zu Hause.«

»Hä?«

»Rochembault hat uns noch eine Reportage hier in der Gegend aufgehalst.«

»O Mannomann!«

»Das kann man wohl sagen! Aber wir müssen trotzdem hin.«

»Und worum geht es? Wieder irgendwas mit Tieren?«

»Nein, diesmal nicht.«

Rochembault hatte eine Marotte: Tierschutz. Kein Monat verging, ohne daß er nicht ein Team auf irgendeine dämliche Reportage über mißhandelte Tiere schickte oder solche, die ihrem Herrchen das Leben gerettet hatten. Drei Wochen zuvor hatten wir uns gleich zwei nacheinander gegeben – ausgesetzte Pferde auf der Île de Ré und ein Schäferhund, der in der Ardèche in ein Loch gefallen war …

»Zum Glück! Ich mag die Viecher nämlich am liebsten gut durchgebraten und gut gesalzen.«

»Ich weiß, ich weiß, Casa. Ich weiß auch, daß du deiner Frau eine Videokassette mit ein paar Folgen *Hund, Katze, Maus* geschenkt hast, als sie einen Hund wollte.«

»Ach, habe ich dir das schon erzählt?«

»Zehnmal, Casa. Zehnmal. Also, räumst du jetzt den Saustall hier auf, damit ich einsteigen kann?«

»Red nicht so von den Rechnungen, Großer. Eines Tages wirst du mir noch dankbar sein, daß ich dir das beigebracht habe.«

»Aber klar doch. Und in der Zwischenzeit kannst du schon mal losfahren.«

Rochembault hatte mir nicht viel erzählt. Er hatte die Geschichte im Radio gehört und fand sie gut, weil es auf Weihnachten zuging. Obdachlose hatten einen Supermarkt attackiert, weil der Filialleiter die Mülltonnen unter Verschluß genommen hatte.

»Offensichtlich hatten die Typen die Angewohnheit, Fressalien mit abgelaufenem Verfallsdatum zu holen und sich aus den Kartons Buden zu bauen. Und daß sie nun nicht mehr an die Sachen rankommen, hat sie in Wut versetzt.«

»Was hat das mit Weihnachten zu tun?«

»Na, wir stopfen uns doch an den Feiertagen mit Essen voll. Rochembault findet es eben skandalös, daß Leute einen Supermarkt angreifen müssen, weil man ihnen den Zugang zu den Mülltonnen verwehrt. Das ist eben sein katholischer Touch, die Parabel vom Reichen und vom Armen.«

»Wo wir schon von Weihnachten reden – ich muß noch Einkäufe machen. Wir sollten uns also nicht zu lange mit dieser Sache aufhalten. Wir fahren hin – klick, danke, Kodak, und basta!«

»Ich würde trotzdem gern mit dem Filialleiter reden. Mal hören, wie seine Version lautet.«

»Du weißt doch, wie diese Leute sind. Der will dich bestimmt nicht sprechen.«

»Versuchen kann man es ja mal.«

4

Der Supermarkt befand sich im Gewerbegebiet von Arras, eingezwängt zwischen einem Baumarkt und dem Schnellrestaurant *La Pergola* mit Kunstrasen-Terrasse, dort konnte man für einen Pauschalpreis so viel Fritten essen, wie man wollte. Es war ein Laden wie jeder andere – ein Riesenwürfel und drei, vier Einkaufswagenstände mitten in der Weite des noch größeren Parkplatzes.

»Bevor wir zum Filialleiter gehen, sollten wir besser erst die Mülltonnen suchen. Wenn der Typ nämlich sauer wird und uns die Sicherheitskräfte auf den Hals hetzt, können wir nicht mehr fotografieren.«

»Hast recht.«

Wir fuhren also um den Würfel herum und fanden rechter Hand den Lieferanteneingang. Da sahen wir den Stein des Anstoßes. Ein großer, weißer Preßcontainer. Rechteckig. Drei, vier Meter lang, zwei Meter breit und zwei Meter hoch. Vorn war der Hebel für die Hydraulik. Ringsum standen graue Polizeiabschrankungen. Casa fing an, das Ganze zu fotografieren.

»Du kannst mir sagen, was du willst, Großer, aber wir leben wirklich in einer komischen Welt. Was macht es denn aus, wenn die Obdachlosen in den Mülltonnen wühlen?«

»Vielleicht richten sie Chaos an.«

»Na ja ... Trotzdem finde ich es schäbig, den Müll zu schützen. Wie geizig muß man eigentlich sein, um so tief zu sinken?«

In jenem Moment kamen die Sicherheitskräfte. Drei große Kerle mit kurzgeschorenen Haaren und nachtblauen Uniformen. Ein Schwarzer und zwei Weiße.

»Was machen Sie da?«

Ich gab ihm meinen Presseausweis.

»Wir würden gern mit dem Filialleiter sprechen, wir sind von der Presse.«

»Und was wollen Sie von ihm?«

»Es geht um die Mülltonnen und die Obdachlosen.«

»Oho! Ich weiß nicht, ob er mit Ihnen sprechen will. Er hat die Nase voll von dieser Geschichte.«

»Sagen Sie ihm trotzdem, daß wir da sind ... Und sagen Sie ihm auch, daß wir seine Version nicht wiedergeben können, wenn er uns nichts dazu sagt.«

Drei Minuten später kam der große Schwarze zurück.

»Kommen Sie. Monsieur Lépice hat jetzt Zeit.«

Wir folgten ihm durch den Lieferanteneingang, er führte uns durch mehrere weiße Gänge mit hellem Neonlicht. Wände und Boden waren mit dem gleichen Belag beschichtet wie der Laden, aber alles war düster und kalt … fast schmutzig.

Dann stiegen wir ein paar Stufen zu einem großen Treppenabsatz hinauf, wo auf der einen Seite die Personaltoiletten und auf der anderen die Tür zum Chefbüro war.

Der Schwarze klopfte an und öffnete. Wir betraten ein großes, seelenloses Büro; die hintere Wand bestand aus einer riesigen Fensterscheibe, genau über den Kassen. Die anderen Wände waren voller Metalltafeln mit Schlitzen, in denen hier und da kleine rosa, gelbe und grüne Karten steckten.

Lépice stand vor seiner Glasscheibe und sah auf die Kassen. Die Hände auf dem Rücken verschränkt – wie ein General, der von einem Hügel aus beobachtet, wie seine Truppen zum Angriff auf das verschanzte Fort reiten.

Klein, hellbraune kurze Haare.

Bevor wir noch ein Wort sagen konnten, rief er: »Kommen Sie, kommen Sie! Keine Angst, ich beiße nicht.«

Wir legten die paar Schritte zurück, die uns noch von ihm trennten.

»Guten Tag, Monsieur, ich bin …«

»Da, sehen Sie sich das an. Wissen Sie, was das ist?«

»Ein Supermarkt?«

»Ja, ein Supermarkt. Wissen Sie, wie viele Menschen am Samstag durch die Kassen gehen?«

»Nein.«

»Zwanzigtausend. Zwanzigtausend samstags, zwanzigtausend sonntags. Unter der Woche weniger, aber immer noch Tausende. Den ganzen Dezember über. Zwölf Kassen, achtzig Kassierer, fünf Lageristen, drei Werbeverkäufer, ein Animateur und zehn Kundenbetreuer. Dreiundvierzig Angestellte. Dreiundvierzig Gehaltszettel. Dreiundvierzig Familien, die mit Hilfe des Ladens leben. Ersparen Sie mir also die Schmonze über den herzlosen Profitjäger, der die armen Obdachlosen angreift. Eigentlich weiß ich gar nicht, wieso ich mit Ihnen spreche. Egal, was ich Ihnen erzähle, Sie schreiben doch sowieso, was Sie wollen. Und in dieser Sache bin ganz eindeutig ich das Schwein … Scheuen Sie sich also nicht, mich anzuprangern. Mir ist das egal, ich habe ein dickes Fell. Doch wenn der Laden wegen Ihres Geschmieres schließt und dreiundvierzig Leute auf der Straße sitzen, haben Sie hoffentlich auch keine Gewissensbisse.«

Lépice sprach schnell, die Fäuste auf dem Rükken geballt und ohne uns anzusehen. Er vertrat seine Sache voller Gehässigkeit, doch er versuchte nicht, sich zu rechtfertigen. Das war eher seltsam.

»Erlauben Sie, Monsieur …?«

»Bitte, bitte, lieber Freund, die Presse erlaubt sich doch sowieso alles.«

»Sehen Sie, Monsieur Lépice, wir wissen nichts über diese Sache, wir wollen uns informieren. Sie können uns nun wie miese Schreiberlinge behandeln, die nichts als eine Sensationsgeschichte wittern, und uns vor die Tür setzen – dann aber verspreche ich Ihnen, daß ich schreibe, was ich will –, oder Sie können uns ganz ruhig Ihre Sicht der Dinge schildern. Sie haben die Wahl.«

»Ich … Setzen Sie sich. Wollen Sie etwas trinken?«

»Haben Sie Weißwein?«

»Für mich nichts, danke.«

»Also, was wollen Sie wissen?«

»Nun, die ganze Geschichte.«

»Na, die ist schnell erzählt. Auf allen Verpackungen von verderblicher Ware – Lebensmittel also – sind zwei Daten abgedruckt: ein Verfallsdatum für den Verkauf und eines für den Verzehr. Wenn das Verkaufsdatum abgelaufen ist, müssen wir das Produkt aus den Regalen nehmen und wegwerfen. Das heißt nicht, daß die Ware nicht mehr konsumiert werden kann, nein, aber wir dürfen sie einfach nicht mehr verkaufen. Das ist Gesetz.«

»Ein komisches Gesetz.«

»Eigentlich nicht. Würde es nicht diese Spanne zwischen den beiden Daten geben, müßten Sie manche Waren am selben Tag verzehren, an dem Sie sie gekauft haben. Das würde unter Umständen Probleme machen … Es ist Verbraucherschutz, wenn Sie so wollen.«

»Gut. Und weiter?«

»Früher haben wir die Ware mit abgelaufenem Verkaufsdatum in einem gesonderten Container für die Obdachlosen gesammelt. Dadurch haben wir die Kosten für die Entsorgung gespart, und die Obdachlosen bekamen Lebensmittel gratis. Alle waren zufrieden. Doch kürzlich ist ein Mann schwer erkrankt – Diagnose: Lebensmittelvergiftung. Es wurde gleich eine Untersuchungskommission eingesetzt, und das Sozialamt ist über mich hergefallen. Der Mann hatte sich mit Räucherlachs aus meinen Mülltonnen vergiftet; deswegen hat man von mir verlangt, die Krankenhausrechnung zu bezahlen. Und man hat mich gewarnt: Wenn es noch einmal vorkäme, würde man meinen Laden möglicherweise schließen, und ich hätte alle strafrechtlichen Konsequenzen zu tragen. Und da ich nicht die geringste Lust habe, als Giftmörder bezichtigt zu werden, habe ich beschlossen, vor meine Mülltonnen einen Riegel zu schieben. Doch die Obdachlosen sehen nicht ein, wieso man ihnen ihre Mahlzeiten vorenthält, und haben versucht, den Container aufzubrechen. Wissen Sie, was so ein Preßcontainer kostet?«

»Nicht wirklich.«

»Einen Haufen Geld kostet so etwas! Ich habe Sicherheitskräfte eingestellt, um den Container vor den Obdachlosen zu schützen. Und die erste Auseinandersetzung zwischen den Obdachlosen und meinen Wachen ist natürlich nicht gerade gut ausgegangen …«

»Natürlich nicht.«

»Spotten Sie nur. Aber das ist noch nicht alles. Die Obdachlosen haben eine Mutter Theresa gefunden, eine *pasionara*, die entschlossen ist, mich als Monster darzustellen, und die ganze Geschichte hochgespielt hat. Das Resultat: Der Nachrichtensender *France Info* verbreitet jetzt überall, daß ich das Volk verhungern lasse, und ich bekomme anonyme Anrufe und Drohungen am Telefon. Jetzt haben Sie Ihre Geschichte. Und wie finden Sie das?«

»Ich? Ich finde gar nichts, das ist nicht mein Job. Ich bin Journalist, Monsieur Lépice. Ich schildere nur Fakten, nichts als Fakten. Der Leser soll sich selbst seine Meinung bilden.«

»Verstehe. Was sind Sie? Pontius Pilatus oder was?«

5

»Der Typ hat doch eine Macke. Hast du das gesehen? Auf der einen Seite hat er sein Panoramafenster auf die Kassen, auf der anderen Seite das Auge Moskaus auf die Klos.«

»Jetzt übertreib mal nicht, Casa.«

»Hey, findest du es etwa normal, daß die Personaltoilette gegenüber vom Chefbüro ist? Ich sage dir, der Kerl ist ein Kontrollfreak. Er überwacht alles … ich bin sicher, der stoppt auch noch die Zeit, die seine Leute auf dem Klo zubringen. Und wenn man zu lange hocken bleibt, klopft er an die Tür: Los, los, Mademoiselle, gehen Sie wieder an Ihre Kasse! Weißt du noch, die Geschichte mit diesem anderen Spinner, der von den Kassiererinnen verlangt hat, eine rote Mütze zu tragen, wenn sie ihre Tage hatten? Deinem Lépice könnte sowas bestimmt auch einfallen.«

»Kann sein, aber darum geht's nicht. Soweit ich verstanden habe, hat er seine Mülltonnen nicht freiwillig eingeschlossen. Er ist gezwungen worden.«

»Für uns läuft das aufs gleiche raus.«

»O nein.«

»O doch, und das weißt du auch ganz genau, Großer. Was uns an der Sache interessiert, ist der Aspekt ›kleines Mädchen mit den Schwefelhölzern‹. Die armen Obdachlosen, die sich gegen den bösen Händler wehren müssen … Vergiß nicht, daß es unser Job ist, Papier zu verkaufen, das schwarz ist von rührseligen Geschichten.«

»Das hindert uns nicht daran, die Wahrheit zu schreiben.«

»Was hat denn der Leser von der Wahrheit? Die geht ihm doch am A… vorbei.«

»Aber …«

»Aber, aber, aber … Du kannst so viel Aber sagen, wie du willst, Großer, das ändert nichts an der Sache. Denk doch mal an den Fall Grégory. Wo war da die Wahrheit, hm? Wo? Das wußte niemand, und das wird nie jemand wissen. Und das war's auch nicht, was die Leser interessierte. Die Leser wollten das Unglück, sie wollten Blut, Haß … Und je weniger sie die Wahrheit kannten, desto mehr forderten sie sie ein. In dieser Sache ist es ähnlich. Wenn du jetzt anfängst, ihnen zu sagen, an allem seien die Gesetze schuld, das Sozialamt, der Staat, die Armut, und das sei empörend, weil es untragbar sei, daß ein so reiches Land wie Frankreich nicht in der Lage ist, allen Menschen was zu essen zu geben, dann schickt Rochembault deinen Artikel an die *Humanité*, und keiner wird ihn je lesen, weil sowas keiner wissen will.«

»Das ist noch lange kein Grund, Lépice eine reinzuwürgen.«

»Wer verlangt denn von dir, Lépice eine reinzuwürgen? Das tun die Leser schon selbst. Außerdem ist es nicht deine Aufgabe, ihn in Schutz zu nehmen. Mach dir keinen Kopf, Großer, begnüg dich damit, das Unglück zu schildern.«

»Du machst mich fertig, Casa.«

»Tja, dann mußt du eben den Beruf wechseln. Wir sind Journalisten, keine Wasserwachtler.«

»Trotzdem haben wir eine journalistische Verantwortung.«

»Bla bla bla ... Hör doch auf mit den vorgestanzten Reden, sei so gut. Überall dieses Gepredige von der journalistischen Mission, in der Schule, auf den Podien, in den Foren, ja manchmal sogar in den Redaktionen. Die Informationspflicht. Die vierte Macht im Staate. Der Schutzwall gegen die Willkürherrschaft. Das ist doch alles Pipifax. Sand in die Augen. Die Wahrheit ist, wir verkaufen Informationen. Und um sie gut verkaufen zu können, muß sie gut sein, das heißt, sie muß den Lesern gefallen. Wir geben dem Leser also, was er will, sei's drum, wenn es nicht immer ganz der Wahrheit entspricht.«

»Also lügt die Presse?«

»Um zu lügen, müßte sie sich erst einmal berufen fühlen, die Wahrheit zu sagen. Zum Glück ist das nicht der Fall. Kennst du Clemenza?«

»Ja.«

»Als er bei Kanal *Cinq* war, hat er während der Revolution aus Rumänien berichtet. Er war der Sache mit dem Massengrab von Temesvar auf der Spur. Erinnerst du dich an die Leichen, die man nur dreißig Zentimeter unter der Erde gefunden hat?«

»Ja.«

»An diesem sogenannten Massengrab waren bestimmt Dutzende Journalisten. Alle haben gewittert, daß etwas daran faul war. Sie haben gefilmt, die Bilder an ihre Redaktionen gesandt mit der Warnung: Das riecht nach Manipulation. Nur Clemenza hat seine Bilder ohne Kommentar geschickt. Am Abend wurden sie ausgestrahlt, und die Nachrichtensendung von *Cinq* hatte eine Traumquote. Am nächsten Tag hat die gesamte Presse die Geschichte aufgegriffen. Drei Tage später hat Clemenza eine weitere Reportage gemacht und den Schwindel aufgedeckt. Die Nachrichten von *Cinq* haben sie als Aufmacher gebracht. Ergebnis: wieder eine Spitzenquote, und prompt schaffte Kanal *Cinq* während der gesamten Dauer der rumänischen Revolution die besten Einschaltquoten. Clemenza bekam einen Bonus und wurde ausgezeichnet. Heute gilt er in der Presse als beispielhaft, und das Publikum liebt ihn, weil seine Reportagen aufrütteln.«

»Das ist widerlich.«

»Nein, das ist nicht widerlich. Clemenza wußte, daß es seine Pflicht war, die Information zu verkaufen, und das hat er getan. Er ist kein Historiker, kein Soziologe und kein Pfarrer, er ist Journalist. Er macht seinen Job, und er hat nicht gelogen, weil der Schwindel am Ende durch ihn aufgedeckt wurde. Und jetzt halt da vorne an der Kneipe, ich hab Durst.«

6

Martingal mußte sich gerade von seinem Chefredakteur anschnauzen lassen. Das Gebrüll drang aus dem Telefonhörer.

»Das ist das letzte Mal, kapiert? Das letzte Mal! Noch so was, und du fliegst! Dann schicke ich dich in die Wüste, ins Nirwana! Und zwar mit einem Brandzeichen auf deinem Dummschädel: ›Unfähig!‹ Ich zerstöre auch noch den Rest deiner Glaubwürdigkeit! Hast du gehört?«

Martingal stand vor seinem Schreibtisch, und wie jedesmal, wenn er betroffen war oder angestrengt nachdachte, fuhr er sich mit der Handfläche über die Stirn und murmelte eine Antwort.

»Also … schau mal …«

»Nein, ich schaue nicht! Ich verstehe rein gar nichts. Und selbst wenn du es mir erklären würdest, würde ich es nicht verstehen. Wie kann man so blind sein, wenn man die Sache direkt vor der Nase hat?«

»Ja, aber …«

»Was ›aber‹! Scheiße ›aber‹! Die Redaktion von *France Info* sitzt in Paris, und sie sendet die Nachricht. Du aber bist vor Ort und siehst nichts, hörst nichts! Das ist inakzeptabel, hörst du? Bestimmt hast du wieder nur im Wettbüro rumgehangen.«

»Äh, nein … Ich …«

»Ja, ja, schon klar. Jetzt halt mal die Klappe und hör mir gut zu: Ich möchte noch heute nachmittag bis spätestens siebzehn Uhr siebentausend Zeichen über diese Geschichte mit den Obdachlosen und den Mülltonnen. Verstanden?«

»Siebentausend …?«

»Siebentausend, oder du fliegst, Martingal. Und das ist keine Drohung, sondern ein Versprechen!«

Martingal legte auf und sah uns jetzt erst. Er lächelte verlegen. Wir taten so, als wüßten wir nicht, worum es ging, aber wir luden ihn auf ein Glas ein, um ihn wieder aufzubauen. Dieser Typ tat immer so, als könne ihn nichts kratzen, doch er war äußerst sensibel. Und eine Entlassungsdrohung versetzte ihn in Panik. Er wußte nur zu gut, daß er in seinem Alter und mit seinem Ruf als Schnarcher nie wieder einen Job bei der Presse finden würde.

Kaum waren wir in der Bar, machte er seinem Herzen Luft:

»Ich hab's satt. Dieser Scheißjob kann mir den Buckel runterrutschen. Immer muß man vornedran sein, immer auf der Lauer liegen. Ich kann nicht mehr. Ich hab keine einzige Minute für mich selbst. Ah, wenn ich mal die Dreierwette gewinne, ich sag's euch, dann gibt's ein Fest, daß euch die Ohren wakkeln, Jungs. Und dieser Blödmann und sein Schmierblatt können mir gestohlen bleiben, dann kaufe ich mir einen Rennstall!«

Wer vornedran gewesen war und auf der Lauer gelegen hatte, sagten wir ihm nicht – wir wollten ihm nicht noch mehr Kopfschmerzen bereiten. Denn es stimmte, es gab keinen größeren Nichtstuer als Martingal. Seine Artikel waren allesamt abgekupfert, jahrein, jahraus reihte er eine Kastanie an die andere. (Vor allem die Frauenzeitschriften sind ja voll mit diesen Jahr für Jahr ewiggleichen Themen. Hausnummer: Wie nehme ich vor dem Urlaub fünf Kilo ab und kann mein Gewicht nach dem Urlaub halten?)

»Hast du schon mal eine große Dreierwette gewonnen?«

»Nein, nie ... also jedenfalls nicht die große.«

»Ist ja klar, wenn du immer nur auf die Favoriten setzt.«

»Man darf nie auf die Favoriten setzen, da gewinnst du nur Peanuts. Was bringt dir denn eine Chance von drei zu eins? Ein Almosen! Da kommt nichts bei rum. Aber wenn einer der Großkaliber abstürzt, dann kannst du richtig Schotter machen.«

»Dein Problem ist offensichtlich, daß du nie dabei bist, wenn die Großkaliber auf die Schnauze fallen. Und deshalb sieht's mit dem Schotter …«

»Ja, klar, bei dir muß immer alles ruckzuck sein, Casa. Immer nur schnellschnell, ich hingegen beherrsche die Kunst der Geduld. Ich habe asiatisches Blut. Und eines Tages werde ich den ganz großen Reibach machen, das ver…«

Wir hätten Martingal noch stundenlang weiter beim Jammern zuhören können. Das war der einzige Sport, den er perfekt beherrschte. Ein wahrer Marathonjammerer. Doch ich schob dem Ganzen einen Riegel vor. Aus Sympathie spielten wir ihm alle Bälle zu, die wir in Arras aufgelesen hatten, und fragten ihn, ob er diese *pasionara* kenne, von der Lépice gesprochen hatte.

»Zehn zu eins, daß es sich um Fräulein handelt.«

»Fräulein?«

»So eine Frau, eine Spinnerin, wahrscheinlich Lesbe, jedenfalls unverheiratet. Deswegen nennt man sie hier ›Fräulein‹.«

»Und wieso glaubst du, daß sie es ist?«

»Weil die gute Frau eine Nervensäge ist. Ständig protestiert sie gegen alles und jeden und stachelt die Leute auf, irgendwelche unsinnigen Petitionen einzureichen. Wenn jemand die Obdachlosen in Schutz nimmt, dann kann das nur sie sein.«

»Wie sieht sie denn aus?«

»Mann, wenn sie nicht so nervig wäre, wäre sie ziemlich klasse. Aber die gehört zu denen, die denken, daß ihr Hirn mehr wert ist als ihr Hintern. Echt ätzend.«

»Und wo kann man dieses Fräulein treffen?«

»Sie hat ein Bildhaueratelier neben dem Uhrturm.«

»Sie ist Bildhauerin?«

»Mehr oder weniger. Sie ist Restauratorin bei der nationalen Denkmalpflege, na ja, sie richtet eben alte Skulpturen wieder her.«

7

Martingal hatte es unnötig gefunden, uns zu der Frau zu begleiten. Reine Zeitverschwendung.

»Ich weiß auch so, was sie sagen wird, es ist seit Jahren immer das gleiche Geschwätz. Und ich muß bis heute abend noch siebentausend Zeichen absondern. Diese Frau brauche ich nicht auch noch, merci vielmals.«

Casa und ich haben nichts gesagt, aber wir dachten beide dasselbe: Martingal war als Journalist echt eine Null. Den Beteiligten einer Geschichte nicht treffen zu wollen war ein Fehler, den nicht einmal ein Anfänger machen würde. Rochembault sagte immer: »Um einen Mörder oder ein Opfer richtig zu beschreiben, muß man das Muster und die Farbe seiner Schlafzimmertapete kennen. Es gibt kein besseres Psychogramm als eine Wohnungseinrichtung.« Und damit hatte er vollkommen recht. Ein Mann, der am Strand unter einem weißen Sonnenschirm liegt: ein Bild von einer Urlaubsidylle; wenn derselbe Mann unter einem Sonnenschirm mit *Ricard*-Werbung liegt, steht er für die Hölle auf Erden.

Wir also trafen uns immer mit allen, guckten uns alles an, stocherten überall herum. Es spielte keine Rolle, daß nichts davon in unseren Artikeln auftauchte – die Atmosphäre steckte zwischen den Zeilen.

Das Fräulein arbeitete in einem Atelier im quadratischen Hinterhof eines kleinen Gebäudes aus der Jahrhundertwende, wo Unkraut zwischen den runden Pflastersteinen sproß. Ganz hinten war eine hohe Holztür mit zwei Flügeln, die das Reich des Fräuleins vor neugierigen Blicken schützte.

Wir kamen von hinten und hörten das schrille, durchdringende Geräusch einer Kreissäge, die sich ins Mark eines weichen Steins schnitt. Wir klopften kurz und traten ein – bei diesem Radau hätte man uns sowieso nicht gehört.

Das Atelier war sehr groß und geräumig und hatte eine hohe Decke mit Glasdach, das von weißgestrichenen Metallpfosten gestützt wurde. Ocker gesprenkelter grauer Staub bedeckte den Boden, hier und da standen Möbelstücke aus rohem Holz, auf denen Dinge lagen, die man schemenhaft als Werkzeug erkennen konnte, gebogene Zangen, modrige Lappenhaufen, zerknüllte alte Zeitungen und ein Terminkalender voller brauner Ränder …

Sie stand mitten im Raum vor einer großen weiblichen Büste – eine Giraffenfrau mit langem Ziehharmonikahals – und drehte uns den Rücken zu.

Sie trug einen weißen Kittel, schwarze Plastikhandschuhe voller weißer Spritzer und Striche und ein blaues Band im blonden Haar. Wir standen vielleicht eine halbe Minute da und betrachteten sie, bis sie die Säge ausschaltete und der Krach aufhörte. Ich hüstelte. Sie drehte sich um, wir sahen, daß sie eine altmodische große Motorradbrille trug, die ihre Augen vor Staub und abspringenden Steinen schützte. Trotz ihres komischen Aufzugs war sie umwerfend, fand ich.

»Entschuldigen Sie die Störung, Mademoiselle, wir sind von der Presse und würden Ihnen gern ein paar Fragen stellen.«

Sie schob die dicke Brille auf die Stirn. Ihre Nase war sehr gerade, wie bei einem ägyptischen Profil, und ihre Augen waren so grün, daß sie fast gelb wirkten. Sie entsprach überhaupt nicht dem Bild, das Martingal von ihr gezeichnet hatte. Eine *pasionara* konnte nach meinem Verständnis nicht so groß, so blond und so schön sein.

»Zu welchem Thema?«

»Martingal, der Journalist, hat uns Ihren Namen genannt …«

»Ach ja! Der Albert Londres von *Paris Turf* …«

»Ich sehe, Sie kennen ihn gut.«

»Wer könnte ihm in dieser Stadt entkommen?«

»Ja … Aber wir sind nicht hier, um über ihn zu reden.«

»Das trifft sich gut. Denn über diesen traurigen Typen gibt es so wenig zu sagen, daß unser Gespräch damit schon beendet wäre.«

»Wir sind wegen der Supermarkt-Geschichte hier.«

Bevor sie etwas sagte, neigte sie leicht den Kopf, als würde sie eine Schulter zum Anlehnen suchen. Eine sehr weibliche Geste. Sehr sanft.

»Ja?«

»Wir hätten gerne gewußt, was Sie darüber denken?«

»Ich? Warum sollte ich denn etwas darüber denken?«

»Na ja, Lépice und Martingal sind überzeugt, daß Sie die Presse benachrichtigt haben.«

»Habe ich Sie etwa angerufen?«

»Nein, uns nicht, aber *France Info*.«

»Dann sind Sie nicht von *France Info*?«

»Nein, sonst hätten wir ja keinen Fotoapparat dabei.«

»Stimmt.«

»Also haben Sie *France Info* angerufen?«

»Vielleicht.«

Sie hatte ihre schwarzen Handschuhe ausgezogen und fuhr sich mit der Hand über den Mund.

Man konnte nicht unbedingt sagen, daß sie schöne Hände hatte, aber sie waren sehr schmal und sehnig. Man spürte, daß sie kräftig und sanft zugleich waren. Hände, die zupacken konnten.

»Wollen Sie etwas trinken?«

»Wenn Sie einen Weißwein haben, sagen wir nicht nein.«

In einer Ecke standen ein kleiner Schreibtisch und Stühle, deren Lederbezüge mit großen goldfarbenen Polsternägeln befestigt waren; eine Nachttischlampe verbreitete gelbliches Licht. Aus einer Schublade holte sie eine Flasche Rotwein und Senfgläser mit Obelix-Figuren. Sie machte ein Zeichen, daß wir uns bedienen sollten.

»Und warum sind Sie hier?«

»Weil die Geschichte interessant ist.«

»Interessant? So sehe ich das nicht.«

»Das ist normal, Sie sind ja auch keine Journalistin.«

»Was soll das heißen: Ich bin keine Journalistin.«

»Das soll heißen, daß … daß wir lediglich hier sind, um zu informieren und nicht um Anteil zu nehmen … äh, was ich gerade gesagt habe, war wohl nicht sehr schlau.«

»Das kann man wohl sagen.«

»Darf ich ein Foto von Ihnen machen?«

Der tapfere Casa half mir aus meiner Not.

»Wollen Sie sich vielleicht vorher umziehen?«

Sie stand jäh auf.

»Sie haben recht. Geben Sie mir zwei Minuten.«

Sie ging in den hinteren Teil des Ateliers. Ein paar Sekunden lang sagten wir kein Wort.

»Alles klar?«

»Ja, ja, Casa, alles klar.«

»Wenn ich störe – sag es mir, dann geh ich.«

»Wieso denn?«

»Na, ich hab doch gesehen, wie du sie angestarrt hast.«

»Was?«

»Ach, tu doch nicht so. Ich kenne dich doch. Du schaust sie nicht an, du verschlingst sie regelrecht.«

»Quatsch.«

»Du würdest sie dir gern genehmigen, was, du kleines Ferkel?«

»Du bist ordinär, Casa.«

»Kann sein, aber ich bin nicht blind. Also, ich laß dich in Ruhe. Ich gehe einen Weißen trinken, dieses Gesöff hier ist scheußlich.«

»Aber was soll ich ihr sagen?«

»Lad sie zum Abendessen ein.«

Bevor ich noch etwas erwidern konnte, war Casa verschwunden. Und ließ mich allein – allein mit diesem Fräulein, mit dem ich gerne über alles mögliche gesprochen hätte, bloß nicht über Obdachlose und Supermärkte. Das passierte mir nicht zum ersten Mal bei einer Reportage. Doch im Normalfall hatte ich einfach nur Lust, sie mir »zu genehmigen«, wie Casa es ausdrückte. Jetzt war's irgendwie anders, sie hatte etwas an sich, das ich gern näher kennengelernt hätte.

Sie kam zurück in einer Hose und einer schwarzen Jacke über einer weißen Bluse, bei der drei Knöpfe offenstanden. Das blonde Haar hatte sie im Nacken mit einem braunen Samtband zusammengebunden. Sie war kaum kleiner als ich. Erstaunt sah sie mich an.

»Ist Ihr Fotograf weg?«

»Er hat eine Rotweinallergie.«

»Dabei habe ich mich extra für ihn umgezogen.«

»Ich werde ihn in Ihrem Namen schimpfen – und ihm in meinem danken.«

»…«

»So sehen Sie viel besser aus als in dem weißen Kittel.«

Einen Moment lang sah sie mich forschend an. Ich fragte mich, wie sie mich jetzt wohl fertigmachen würde.

»Sie sehen interessant aus, aber Sie sollten Sport machen. Sie neigen zu Bauchansatz.«

Also, dieses Fräulein gefiel mir ganz entschieden.

8

Kerzengerade saß sie auf der mit braunem Leder bezogenen Bank der Bar, wohin wir gegangen waren. Sie hatte ein Glas Rotwein bestellt, einen Gamay; das gefiel mir. Eine Frau, die gern Wein trinkt, kann auch sonst genießen, das ist bekannt ... Ich hüte mich grundsätzlich vor hübschen Frauen, die beim ersten Tête-à-tête pochierte Seezunge mit Brokkoli und einer Scheibe Zitrone und dazu eine große Flasche Mineralwasser bestellen. Die Fadheit des Gerichts spiegelt häufig ihre sonstigen fleischlichen Gelüste wider, und ein Essen mit Badoit-Sprudel ist der sicherste Weg, allein im Bett zu landen.

Wir sprachen nun schon bald eine Stunde über diese Geschichte. Sie hatte mir alles haarklein erzählt, und ich versuchte, das Gespräch auf andere Themen zu lenken. Aber sie ruderte immer wieder zurück – sie wollte mir einfach nicht ins Netz gehen.

Sie redete mit den Händen, und manchmal sah ich den großen roten Ring an ihrem linken Ringfinger im alkohol- und rauchgetrübten Licht durch die Luft schweben wie einen Tropfen gefrorenes Blut.

»Ich sei keine Journalistin, haben Sie gesagt, und da haben Sie hundertprozentig recht. Würde ich im übrigen auch gar nicht sein wollen. Ich gehöre zwar nicht zu den Leuten, die Sie für alle Übel dieser Welt verantwortlich machen, aber Ihren Job möchte ich nicht.«

»Es ist aber ein schöner Beruf.«

»Oh, das bezweifle ich nicht. Früher hatte ich sogar selbst entsprechende Anwandlungen, ich stellte mir vor, ich sei Albert Londres, Émile Zola … Ich sah mich in den schlimmsten Sumpf eintauchen, um dann der Öffentlichkeit die reine Wahrheit zutage zu fördern. Ich malte mir aus, wie ich Ungerechtigkeiten und Lügen anprangerte … Jedenfalls glaubte ich an den Mythos eines Journalismus, der engagiert für die Wahrheit kämpft.«

»Warum Mythos … Wir können zwar den Traum vom Journalisten als tugendhaften Ritter nicht bei jeder Reportage wahrmachen, aber wir versuchen es zumindest.«

»Na ja, mag sein. Aber ich habe da so meine Zweifel, wenn Sie erlauben.«

»Sie dürfen denken, was Sie wollen – aber Journalisten produzieren nicht nur Meterware, sie wollen auf ihre Art auch was verbessern.«

Sie sah eine Weile in ihr Glas.

»Sie kennen doch den Spruch: ›Vergiß nicht, daß dein Kind nicht dein Kind, sondern das Kind seiner Zeit ist.‹«

»Ja, aber ich weiß nicht, von wem er stammt.«

»Ich auch nicht; ist ja auch egal. Anders ausgedrückt würde ich sagen, daß Journalisten in erster Linie Kinder ihrer Zeit sind, dem Journalismus sind sie erst in zweiter Linie verpflichtet.«

»Was soll das heißen?«

»Daß ein Journalist durch das Fernsehen, den Rundfunk, die Tageszeitungen gar keine Zeit mehr hat, einer Sache auf den Grund zu gehen. Er muß permanent Informationen liefern. Und die Meldung von heute löscht die gestrige so sicher aus wie die Welle einen Liebesschwur im Sand. Egal, ob die Nachricht des Tages der Nachricht von gestern widerspricht, unsere Erinnerung reicht heutzutage sowieso nicht über einen Tag hinaus. Und um mein tristes Gemälde zu vervollständigen, würde ich sagen, daß eine Meldung ohne Bild heute nichts mehr wert ist. Ein gut dokumentiertes Eisenbahnunglück in Pakistan kommt immer besser an als die alte Frau aus Melun, die in ihrer Küche erfroren ist, weil ihre Rente nicht ausreichte, um die Stromrechnung zu bezahlen … Doch um ganz ehrlich und auch ganz zynisch zu sein: Was haben wir mit einer Katastrophe in Pakistan zu schaffen? Was hat sie mit Journalismus zu tun?«

»Es ist eine Information.«

»Eine Information? Ich weiß nicht … Ich würde eher sagen, Sie produzieren Wegwerf-Emotionen. Jedenfalls handelt es sich nicht mehr um Journalismus. Seit ein paar Tagen lese ich morgens keine Zeitung, weil ich gerade ein gutes Buch habe – also bin ich nicht mehr auf dem neuesten Informationsstand, wie es noch vor einer Woche der Fall war. Dennoch habe ich auch ganz ohne Zeitungen und ohne Fernseher und nur mit zehn Minuten *France Info* beim Frühstück das Gefühl, immer noch in den Fängen der Brownschen Bewegung der Medienwelt zu sein. Meine Sinne haben sich sogar dadurch geschärft, daß ich die Dinge nur aus weiter Ferne verfolge. Als würde man das Meer besser verstehen lernen, wenn man nur die Gischt auf den Wellen sieht. Ich sage das, weil ich mich ständig frage, was der Doppelmord in Pau für Konsequenzen hat – die zwei armen Frauen, die irgend jemand in einer psychiatrischen Klinik geköpft hat. Seit zwei Tagen muß ich mir in den Kurznachrichten einen Wust von Reaktionen anhören, die mich ganz irre machen. Der Präsident trauert mit den Familien und fordert harte Strafen; der Gesundheitsminister verspricht ein grundsätzliches Überdenken des Zustands der Psychiatrie in Frankreich; die Öffentlichkeit ist bestürzt über die Reduzierung der Betten für ›Looneys‹, wo doch ihre Zahl ständig steigt … Alle zetern und ringen die Hände und meinen, so könne es nicht weitergehen. Wenn ich das höre, sage ich mir: Wer heute den Tod dieser beiden Frauen beklagt und über die Schlamperei in der Psychiatrie schimpft, wer sich gestern wegen des Todes des kleinen Grégory geißelte, der freut sich morgen auf das Finale der *Star Academy* und stöhnt über die taktischen Entscheidungen des Trainers der französischen Rugbymannschaft, er meckert über die Hitze und so weiter und so fort. Und ich denke: Wie schön doch Mitleid ist! Aber was nützt es, wenn man es immer und überall anbringt? Hat man dann das Gefühl, man sei mittendrin? Ich sage Ihnen ganz offen: Mir ist das alles piepegal. So fühle ich mich zumindest in Einklang mit meinem Egoismus.«

Ich sah sie an – wie sie steif und mit ihren sicheren Überzeugungen auf der Bank saß. Und hätte ihr am liebsten eine gescheuert. Für wen hielt sie sich, daß sie mir all das ins Gesicht sagte, mit ihrer sanften Miene und ihrer Seelengröße? Reden ist ja schön und gut, aber das kann jeder. Stimmt, der Beruf hat sich verändert; stimmt, wir sind vielleicht nicht mehr die tugendhaften Ritter der Wahrheit; stimmt, wir rennen der Sensation hinterher und kümmern uns nicht um morgen, aber sie! mit ihren Skulpturen und den nationalen Denkmälern – wer war sie, daß sie mir so die Leviten lesen durfte? Die Kaiserin von China?

Doch daß sie mir auf den Kopf zugesagt hat, was ich an diesem Beruf nicht mehr ertragen konnte, hat mich, abgesehen von allem anderem, am meisten verletzt. Meine Gewissensbisse behalte ich lieber für mich; die muß mir nicht ein anderer um die Ohren hauen. Und schon gar nicht diese Frau, der ich doch gefallen wollte.

»Und trotz allem haben Sie wegen dieser Geschichte mit den Mülltonnen bei *France Info* angerufen.«

»Tja, *France Info* ist ein gutes Beispiel. Sie haben ein Flash produziert, das sie gestern zweimal gesendet haben – aber nur in den Lokalnachrichten – und heute überhaupt nicht … Dabei könnte man über die Sache einiges erzählen, wenn man ein bißchen nachbohren würde. Aber nein, man hat Mitleid erregt und den Rest vergessen …«

»Dennoch haben Sie dort angerufen. Trotz all Ihrer Reden finden Sie uns doch irgendwie nützlich.«

9

»Was machst du denn hier, du langes Elend? Hat dein toller Charme versagt? Soll ich dir fürs nächste Mal meine Karre leihen?«

Casa saß in der Hotelbar und grinste, weil ich so schnell wieder zurückgekommen war. Er lachte immer noch, als ich ihm meine blöde Geschichte erzählt hatte. Zugegeben, ich mochte, wenn's in dem Zusammenhang ein bißchen kompliziert war, und war nicht zimperlich, von den Körben zu erzählen, die ich eingefahren hatte. Das war kein Mangel an Schamgefühl, ich fand es einfach witzig, wenn er sich über meine erotischen Wallfahrten schlapplachte. Einmal hat er mich sogar auf dem Revier abgeholt, nachdem ich eine amouröse Auseinandersetzung gehabt hatte.

Das war, als ich ein Mädchen zum Kartenspielen mitgenommen hatte, mit der ich seit einigen Monaten zusammen war. Um Mitternacht fragte ich sie, ob sie nach Hause wolle.

»Spinnst du? Ich gewinne.«

»Wenn wir bleiben, müssen wir eine Uhrzeit festlegen; vorher können wir dann nicht gehen.«

»Macht nichts, ich spiele gerne.«

Und so hatten wir uns auf eine Partie bis sechs Uhr früh eingelassen. Um zwei Uhr war die Gute völlig abgebrannt, sie hatte ständig verloren – und da steht sie auf und sagt recht unwirsch: »Los, Großer, ich bin müde.«

Ich erkläre ihr, daß wir nicht so einfach gehen können, daß man in diesem Kreis beim Wort genommen wird und wir nicht einfach abhauen können, wenn wir uns vorher verpflichtet hatten, bis sechs zu bleiben. Sie ist stinksauer, beschimpft mich einen Holzkopf, einen groben Klotz, einen Bauern, zieht einen Flunsch und legt sich aufs Sofa.

Vier Stunden später wecke ich sie, und auf geht's mit dem Auto nach Hause. Unterwegs, du liebe Luzi, was für ein Gezeter. Ich kriege sämtliche Schimpfwörter an den Kopf, die sie auf Lager hat. Sie macht mich völlig fertig.

Daß selbst meine Kumpel über mein Verhalten schockiert seien. Daß ich keinen Pfifferling wert sei und sie sich frage, warum sie sich mit solch einem Typen überhaupt abgibt. Als der Vortrag schließlich seinen Höhepunkt erreicht und ich schon denke, daß sie mir jetzt gleich eine knallen wird, verlangt sie, ich solle sofort anhalten, sie könne keine

Sekunde länger im Wagen eines Monsters sitzen. Da ich müde war, hielt ich an und ließ sie aussteigen. Sie erwartete wohl, daß ich um den Block fahren, zurückkommen, sie mit Entschuldigungen einbalsamieren und wieder mitnehmen würde … aber Pustekuchen, weit gefehlt! Ich war zu stofflig. Ich bin einfach nach Hause gefahren.

Eine Stunde später stürmt sie wie eine Furie in mein kleines Reich, fängt an, meine Möbel auseinanderzunehmen, mein Geschirr zu zerdeppern und Unsinn zu brüllen – schließlich rennt sie nackt auf den Hof und schreit vor meinen erstaunten Nachbarn, ich hätte sie vergewaltigt. Ich versuche, die Leute mit einem Blick und einer Geste zu beruhigen, die besagt: Keine Sorge, hab alles im Griff.

Völlig aus dem Häuschen, rennt sie zurück in die Wohnung und fängt an, sich an meinen Büchern zu vergreifen.

»Wenn du meine Bücher anrührst, setzt's was.«

»Aha, dieser Scheiß ist dir also wichtiger als ich!«

Und – ratsch, reißt sie schon die ersten zehn Seiten aus dem André Héléna. Und wie versprochen klebe ich ihr eine.

Sie wankt, taumelt, fängt sich wieder und schreit:

»Ich stehe noch, du Arsch!«

Da bin ich ausgerastet. Ich weiß, daß es keine Ruhmestat ist, aber ich habe ihr so eine reingedonnert, daß sie umgefallen ist.

Ich habe sie dann kurz unter die Dusche gestellt und in meinen Wagen gepackt; diesmal war ich entschlossen, mir diese Verrückte ein für allemal vom Hals zu schaffen. In der Nähe des Roland-Garros-Stadions kam sie wieder zu sich.

»Wenn ich richtig verstanden habe, willst du mich jetzt verlassen.«

Ich schwöre, das waren ihre ersten Worte.

»Haarscharf erkannt. Ich fahre dich jetzt heim – und dann tschüs!«

Da springt sie mich an, alle Krallen ausgefahren, und will mir die Augen auskratzen.

»Du Schwein, du Mistkerl, du Null …«

Ich lasse notgedrungen das Lenkrad los und wehre mich – das Auto fährt Schlangenlinien und kommt schließlich mit abgewürgtem Motor auf dem Gehsteig zum Stehen.

An diesem Tag war das Endspiel des Tennisturniers – alle fünfzig Meter Polizei. Zwei Beamte kommen zum Wagen. Was hättet ihr an deren Stelle gemacht, wenn ihr im Auto eine kleine Blonde mit nassen Haaren und einem großen Veilchen am linken Auge gesehen hättet, die sich gerade mit einem großen, schlechtrasierten Dunkelhaarigen zofft?

Ich sag's euch: Ihr hättet an die Scheibe geklopft, gegrüßt und das Mädchen gefragt: »Gibt's Probleme, Mademoiselle?«

»Das ist ein Vergewaltiger, ich kenne den Mann nicht. Er hat mich überfallen. Hilfe!«

»Aha. Du steigst jetzt mal aus.«

Und so stehe ich zwischen den beiden Bullen und bekomme Handschellen angelegt. Ich war fix und alle und hatte die Schnauze so gestrichen voll von dem Quatsch, daß ich nicht mal versuchte zu protestieren.

»Bringen Sie sie weg«, sagte ich zu den Polizisten, »bringen Sie sie weg, ich will sie nicht mehr sehen. Ich habe sie vergewaltigt, ich habe sie geschlagen, ich habe alles getan, was auch immer Sie wollen – aber bitte nehmen Sie mich fest, damit ich sie nie wieder sehen muß.«

Sie setzte derweil ihr Theater ungerührt fort, brüllte zetermordio, ihr Leben sei zerstört, ihre Unschuld dahin … Das machte die Polizisten dann doch stutzig.

Der eine sagte zu mir: »Alles okay, Monsieur?«

»Nehmen Sie mich mit, Herr Polizist, ich flehe Sie an, bringen Sie mich ganz weit weg von ihr!«

Was sie dann auch taten; sie riefen einen Sixpack.

Vier Stunden später, nachdem ich in der vergitterten Zelle auf dem Revier geschlafen hatte, rief ich

Casa an, damit er mich dort herausholte. Seit er bei den »Vermischten Nachrichten« war, kannte er eine ganze Reihe von Polizisten und konnte mich befreien.

Okay. Das alles nur, um zu sagen, daß Casa meine Liebesabenteuer ziemlich kurzweilig fand.

Meine aktuellen Liebestándel waren zwar noch nicht vom Erfolg gekrönt, weit entfernt davon, aber in meinem kleinen Kopf hatte ich einen ganzen Haufen Infos aus erster Hand für unsere Reportage. Das Fräulein hatte mir nämlich einiges erzählt, bevor sie mich auf meinen Platz verwies. Wenn ich's recht überdenke, kann ich's ihr nicht mal übelnehmen, das mit dem Platzverweis, meine ich. Ich hatte das Ganze etwas zu leicht genommen. Es ist nämlich nicht selten passiert, daß uns die Mädchen wie gebratene Tauben ins Maul flogen, wenn wir sagten, wir seien Journalisten aus Paris. Man hatte sich schon fast abgewöhnt, in einer Frau etwas anders zu sehen als eine mögliche Nummer.

Nein, ich war ihr wirklich nicht böse, ganz im Gegenteil. Ich hatte unser Gespräch gemocht, und mir gefiel ihre Sicht der Dinge.

»Sie meint, man müsse die Geschichte globaler sehen, müsse auch sehen, was vorher war und was nachher kommen wird. Denn wenn man nur an dem aktuellen Tatbestand festklebt, sieht man nur ein trauriges Weihnachtsmärchen anstatt der wahren sozialen Tragödie.«

»Das ist gut. Soziale Tragödie – das wird Rochembault gefallen.«

»Laß mich ausreden, Casa. Die Sache hat nicht erst vor zehn Tagen angefangen, als die Mülltonnen versiegelt wurden, sondern sehr viel früher. Vor fünfzehn Jahren. Damals standen in der Gegend viele Spinnereien. Die Textilindustrie war noch nicht so auf dem Hund wie heute und beschäftigte viele Leute. Eines Tages gab es in einer der Spinnereien einen knallharten Streik. Besetzung der Fabrik, Arretierung des Direktors. Die Bereitschaftspolizei setzte Tränengaspistolen und Gummiknüppel ein – das volle Programm eben. Der Arbeitskampf dauerte Wochen. Eines Tages stellte die Direktion Leute an, um den Streik zu brechen; etwa fünfzig Jungs aus dem Osten wurden eines schönen Tages mit einem Lastwagen angekarrt. Als sie, flankiert von einem Spalier Polizisten mit Helmen und Schilden, in die Fabrik kamen, wurden sie von den Streikenden beschimpft und bespuckt. Nach zwei Wochen war der Streik beendet, die Arbeiter gingen wieder zurück an ihre Arbeitsplätze.«

»Und was hat das mit unserer Geschichte zu tun?«

»Das kommt noch. Als der Streik vorbei war, hat man die armen Kerle an die Luft gesetzt, weil man sie nicht mehr brauchte. Um sie zu holen, hatte man Lastwagen gemietet, doch nun hieß es, sie sollten zusehen, wie sie mit eigenen Mitteln zurückkämen. Und Mittel hatten sie natürlich keine. Zwei Wochen Lohn für einen Burschen aus dem Osten – das konnte damals nicht viel gewesen sein. Also sind sie geblieben. Die Fortsetzung kannst du dir denken. Versuch doch mal in dieser finsteren Gegend als Ausländer und Streikbrecher Arbeit zu finden. Da geht's dir genauso, wie wenn du keine Aufenthaltsgenehmigung hättest. Mit der Zeit sind einige Jungs verschwunden, aber eine kleine Gruppe ist geblieben.«

»Und das sind unsere Obdachlosen.«

»Bingo, Kumpel! Ist sie nicht schön, die Geschichte von unserem Fräulein.«

»Na ja, ich weiß nicht so recht, ob das Rochembault gefallen wird.«

»Warum denn nicht? Gerade hast du doch noch gesagt, daß er auf soziale Tragödien steht.«

»Ja, auf soziale Tragödien. Aber deine Geschichte mit den Jungs aus dem Osten und dem Streik ist keine kleine Tragödie, sondern Ausbeutung der dritten Welt. Und darauf ist er wahrscheinlich weniger scharf.«

»Hast bestimmt recht. Aber keine Sorge, ich habe schon eine Idee, wie ich Rochembault das Thema verkaufen kann.«

10

Wir fuhren wieder zu Martingal, und während der ganzen Fahrt haute sich Casa auf die Schenkel. Er war völlig hingerissen von meiner Idee.

»Hey, Mann, das ist das schärfste Ding des Jahres! Wenn du das durchkriegst, schenke ich dir eine Flasche Chassagne-Montrachet.«

»Aus deinem Keller?«

»Klar, Alter. Direkt aus meinem Keller. Und keine miese Ernte, sondern den Jahrhundertjahrgang.«

»Du kannst schon mal den Korkenzieher bereitlegen, Casa. Den Tropfen genehmigen wir uns noch heute.«

»Na, daran zweifle ich kein bißchen. Aber wer genehmigt ihn sich? Du und ich oder sie und du?«

»Was soll das?«

»Ach, nichts … Aber langsam kenne ich meine Pappenheimer.«

»Wie bitte?«

»Ich glaube, daß du das größte Faultier bist, das

die Welt gesehen hat – aber wenn du geil bist, wirst du hyperaktiv.«

»Du bist ekelhaft!«

»Nicht doch, Dickerchen. Normalerweise hätte dich diese Geschichte mit den Streikbrechern doch einen feuchten Kuhkäse interessiert. Du hättest seelenruhig deinen Artikel geschrieben, und wir wären längst wieder zu Hause und würden den Truthahn mit Maronen füllen. Aber jetzt, wo du das Fräulein vernaschen willst, entdeckst du plötzlich deine Qualitäten als Superreporter. Also, wenn du spitz bist, wirst du plötzlich auch wieder ehrgeizig … man fragt sich echt, wo bei dir das Gehirn sitzt.«

Ich konnte kaum widersprechen, in einem hatte Casa recht: Das Fräulein gefiel mir sehr. Ich erinnerte mich an das, was sie mir beim Abschied gesagt hatte:

»Vielleicht bin ich für viele ja nur eine Nervensäge, aber zumindest versuche ich, etwas zu tun. Ich engagiere mich. Manchmal mit Erfolg, oft ohne, aber wenigstens bewege ich mich. *France Info* zu benachrichtigen war nicht meine beste Idee, zugegeben, aber auf dem Rathaus und auf dem Bezirksamt wollte mich niemand anhören. Also habe ich sie gezwungen, mir zuzuhören, indem ich die Sache in die Medien brachte. Je mehr man darüber redet, desto größer ist die Chance, daß diese armen Teufel wie Menschen behandelt werden. Wenn Sie etwas in diesem Sinne schreiben könnten, würde mir das sehr helfen. Ich weiß zwar, daß Sie sich in Ihrem Artikel einigermaßen von der Wahrheit entfernen werden. Aber was soll's – man kann kein Omelett braten, ohne Eier aufzuschlagen. Ich gehe dieses Risiko also ein.«

Auch ich war bereit, sämtliche Risiken einzugehen.

Martingal hielt sich mit der linken Hand die Stirn, den Kopf über dem Schreibtisch gebeugt, der übersät war mit bekritzelten Blättern voller durchgestrichener Sätze und Satzanfänge. Offenbar war ihm während unserer Abwesenheit noch keine Inspiration gekommen. Er wollte uns gleich wieder rausschmeißen – siebentausend Zeichen, das machte ihn fix und fertig.

»Ist sicher komplizierter, als deine Tippzettel auszufüllen – stimmt's, Alter?«

»Bringt mich nicht auf die Palme, Jungs, bringt mich bloß nicht auf die Palme. Seht ihr denn nicht, daß ich arbeite?«

»Wie willst du denn etwas Brauchbares schreiben, wenn du keine Ahnung hast?«

»Was heißt hier keine Ahnung?«

»Weißt du denn über die Köter Bescheid?«

»Welche Köter?«

»Siehst du, sag ich's doch. Du kennst nur die halbe Wahrheit. Aber wir lassen dich in Ruhe. Du mußt in einer Stunde siebentausend Zeichen absondern, und wir wollen dich nicht aufhalten.«

»Warte, Großer. Was ist das für eine Story mit den Kötern?«

Und unser Martingal hing an der Angel. Ich hatte übrigens keine Zweifel, daß es klappen würde. Ich kenne meine Kollegen gut genug, um mich da nicht zu täuschen. Siebentausend Zeichen über ein solches Thema – das ist kein Pappenstiel. Hat man erst einmal das Elend geschildert – Weihnachten, Konsumgesellschaft, die Gleichgültigkeit gegenüber dem Unglück anderer, die Obdachlosen –, dann hat man schon alles gesagt. Selbst wenn man Zeilen schindet, kommt man nicht mal auf dreitausendfünfhundert Zeichen. Also muß man ausschmükken, hie und da eine Anekdote einflechten – eben einen kleinen Roman dazudichten, damit die Soße schön sämig wird.

»Das hat uns dein Fräulein erzählt. Sie begnügt sich eben nicht damit, immer die gleichen Sachen wiederzukäuen.«

»Ja, ja. Klar, Großer, klar.«

»Genau. Du weißt ja, daß sich Obdachlose oft Hunde als Gefährten halten. Auch unsere. Und nicht nur einen – vier, fünf, glaube ich.«

»Ein richtiges kleines Rudel.«

»Das hat du schön gesagt, Casa. Ein Rudel. Und ich sag's dir, die Köter fressen ihnen die Haare vom Kopf. Wegen der eingeschlossenen Mülltonnen können unsere Obdachlosen sie nun nicht mehr füttern. Was sie mit Betteln zusammenkriegen, reicht nicht aus. Und jetzt verhungern die Hunde mit heraushängender Zunge. Und das alles wegen ein bißchen Dünnschiß. Das geht nun echt zu weit.«

»Und was hat sie sonst noch erzählt, die Irre?«

»Das ist überhaupt keine Irre, diese Frau ist schwer in Ordnung.«

Und genau so habe ich Gevatter Martingal dazu gebracht, den Artikel rauszurücken, den ich brauchte, um Rochembault davon zu überzeugen, das Ganze als Aufmacher zu verkaufen und uns noch ein paar Tage recherchieren zu lassen. Ich kannte doch meinen Rochembault und wußte, daß die Sache mit den Hunden sein Interesse wecken würde. Doch sosehr dieser Halunke Tiere auch mochte – eine Geschichte über vier verhungernde Köter war immer noch nicht ergiebig genug, damit er uns ohne zu mosern sein Placet gab; vor allem in Anbetracht der finanziellen Situation seines Blattes. Und wäre es nur um die Story gegangen, hätte ich Martingal sowieso nicht gebraucht.

Nein, ich setzte auch noch auf eine andere von Rochembaults Schrullen. Nach den Berufsjahren, die er auf dem Buckel hatte, konnte man ihm kein X mehr für ein U vormachen, doch alles, was auf Zeitungspapier gedruckt war, war für ihn Evangelium; unbesehen. Vom größten Stuß bis zur abenteuerlichsten Geschichte – was schwarz auf weiß dastand, stellte er niemals in Frage.

Wir mußten uns schon als Flaschen und Seifensieder zusammenstauchen lassen, weil wir ihm einmal gesagt hatten, daß der Bericht, den ein Lokalredakteur in seinem Blatt über einen Mordfall geschrieben hatte, aus der Luft gegriffen und völlig unhaltbar war. Doch das konnte Rochembault nicht überzeugen. Es stand da geschrieben und war veröffentlicht, also stimmte es auch. Und jetzt war's an uns, dem werten Kollegen seinen Mist nachzuweisen und geradezurücken. Also haben wir seinen Bericht in extenso abgeschrieben und anschließend in Anführungszeichen gesetzt.

Aber jetzt würde ich den Chef an den Haken bekommen, und zwar richtig.

II

Ich habe schon einiges an Gettos gesehen, an Slums, heruntergekommenen Siedlungen und Vierteln, wo die Behörden keinen Fuß mehr hineinsetzten, doch so etwas hatte ich noch nie erlebt. Bisher hatte es trotz all des grauen Elends immer auch Lichtblicke gegeben – Ringelreihen, Verfolgungsjagden auf dem Rad, Fußballgebrüll, schmutzigrosa Kreidekringel von »Himmel und Hölle«, Plaudereien von Fenster zu Fenster, die verkohlten Wracks geklauter Autos … und inmitten dieses himmelschreienden Lebens hatte man immer ein unerbittliches Brodeln des Zorns und der Wut gespürt, den glühenden Wunsch aufzubegehren.

Doch hier gab es nichts als staubige Düsternis; sie verbarg nur schlecht die Angst vor Abschiebung, die man aus allen Ecken und Winkeln dieses Ortes roch. Die Menschen, die hier wohnten, hatten keine Kraft mehr, sich zu verstellen.

Da war zuerst die Straße, die schnurgerade zum Horizont führte und sich dort verlor – ein sauberer, ordentlicher Strich, mit dem Lineal in dieses weite, karge, zerwühlte, zerfurchte Brachland der Ebene gezogen. Und darüber der Himmel des Nordens, der diese endlose Wüste in murmelndes Grau einschloß. Und unterhalb der Straße, am Ende eines ausgetretenen Feldwegs, ein Klotz aus hellem Beton, durchbrochen von kümmerlichen schwarzen Schießscharten.

»Ein seltsamer Ort – ihr werdet sehen«, hatte Martingal gesagt, »ihr könnt ihn gar nicht verfehlen. Er heißt Jonnelières.«

Ausnahmsweise traf die Beschreibung dieses Dussels einmal zu. Es war wirklich ein Ort außerhalb von Zeit und Raum, außerhalb von allem. Ein dreistöckiges Haus an dieser Straße ins Nichts; keiner wußte, wer es gebaut hatte und wann, und vor allem hatte niemand einen Schimmer, warum und für wen. Welchem Lumpenproletariat war diese Bausünde, die jede Wohnstatt Lügen strafte, wohl zugedacht gewesen? Ein Mysterium. Jedenfalls hausten unsere Obdachlosen in diesem Loch.

Dicke schwarzbraune Rußschlieren um die Fenster herum verrieten ihre Anwesenheit.

Wir parkten direkt vor dem Eingang – um uns schnell wieder verziehen zu können, sollte der Besuch unerfreulich werden. Diesen Trick hatten wir wirklich raus, denn es passierte uns immer mal wieder, daß wir schleunigst den Abgang machen mußten, wenn unsere Anwesenheit unerwünscht war.

Der Eingang war dunkel, kaputte Briefkästenreihen hingen wie eine Girlande an der Wand. Eine verwinkelte Treppe mit scharfkantigen Stufen. Und auf jedem Stockwerk lagen sich die finsteren Öffnungen der Rattenlöcher gegenüber. Alles war sehr düster; Staub, haufenweise Schutt und Fettpapier. Der Luftzug bewegte die alten Plastikplanen, die als Türen dienten. Hier und da standen Blechfässer mit Grillrosten.

In einer dieser Wohnungen fanden wir sie. Ein Dutzend Männer, die sich hockend aneinanderdrückten, damit es warm wurde. Sie steckten in mehreren Schichten geflickter, schmutziger, bunt zusammengewürfelter Kleidungsstücke. Um sie herum lagen Steppdecken, Pappkartons, leere Flaschen, Zeitungen, Konservendosen, Plastiktüten. Als sie uns in der Türöffnung sahen, drängten sie sich noch dichter aneinander. Ganz kurz war mir so, als stünde ich in einem Restaurant vor einem großen Aquarium, wo sich Hummer mit zusammengebundenen Scheren in einen Winkel des Behältnisses flüchten, wenn der Koch den Kescher hineintaucht. Panisch klettern sie aufeinander herum, um noch eine letzte Gnadenfrist vor dem unvermeidlichen Ende zu bekommen.

Eine Weile lang schwiegen wir uns an, die Obdachlosen als Haufen auf dem Boden und wir im Stehen.

»Messieurs, entschuldigen Sie, daß wir einfach so hereinplatzen, aber …«

Einer von ihnen stand auf. Eine Bohnenstange mit schwarzen Stoppeln im dreckstarrenden, runzligen Gesicht. Er machte mit dem Arm eine Geste, daß wir gehen sollten.

»Nix bleiben. Gehen.«

Er hatte einen komischen Akzent. Nordfranzösisch mit slawischem Einschlag.

»Wir würden gerne mit Ihnen sprechen. Wir sind von der Presse, und wir müssen eine Reportage über Ihre Situation machen. Das Einkaufszentrum hat Sicherheitskräfte angestellt, um Sie fernzuhalten. Wir würden gern …«

»Raus! Laßt uns in Frieden!«

»Aber wir wollen Ihnen doch nichts tun, vielleicht können wir Ihnen sogar helfen.«

Bevor Bohnenstange uns erneut die Faust zeigen und zum Verschwinden auffordern konnte, stand ein anderer auf und flüsterte ihm etwas in Ohr. Bohnenstange hörte zu, dann sagte er: »Wenn uns helfen, muß zahlen.«

»Kohle, Kohle.«

»Wir werden uns sicherlich einig, aber unter einer Bedingung.«

»Was?«

»Das Geld würden wir Ihnen geben, um Ihnen zu helfen, und nicht, damit Sie unsere Fragen beantworten.«

»Was soll das? Nix verstehen. Geld geben oder gehen.«

»Ja. Kohle, Kohle.«

Casa zog mich am Ärmel.

»Gib ihnen Geld, und laß den ganzen Schmus sausen. Wir brauchen ja bloß ein Foto und basta.«

»Ich würde ihnen trotzdem gern ein paar Fragen stellen.«

»Diesen Unterweltlern? Na, viel Vergnügen.«

Ich zog ein paar Scheine aus der Tasche und hielt sie ihnen hin.

»Um euch zu helfen, okay!? Ich kaufe kein Interview.«

Bohnenstange nahm das Geld und steckte es ein.

»Was du willst wissen?«

Nach einer halben Stunde war ich genauso schlau wie vorher, was jedoch nicht an ihrem mangelnden guten Willen lag; aber ihr Akzent in Kombination mit ihrer Art zu nuscheln plus den Beschimpfungen, die sie sich gegenseitig ständig um die Ohren hauten, gestaltete das Gespräch etwas schwierig.

Von der Gruppe der Streikbrecher aus dem Osten, die man einige Jahre zuvor »importiert«

hatte, waren nur drei Männer geblieben. Vladi, der Große, und zwei weitere, deren Namen ich nicht richtig verstanden habe. Die anderen waren einfach aus Zufall, aus Pech hier gestrandet. Der Jüngste der Truppe, ein Blonder mit noch rosigem Gesicht, war bestimmt noch keine Zwanzig, aber aus seinem verschlagenen Blick sprach schon das kalte, harte Leben.

»Was interessieren euch Mülltonnen? Ihr haben doch nix Hunger, ihr«, sagte Vladi.

»Ja, Kohle. Ihr habt Kohle.«

»Nix von uns sprechen. Darf nix … Nix gut.«

»Vielleicht ändert sich etwas, wenn wir über euer Leben und eure Probleme berichten.«

»Nix gut, von uns sprechen … niemand geht was an.«

»Gib die Kohle, gib schon.«

»Wir nix wollen …«

»Doch. Kohle.«

»Aber ihr könnt euch doch nicht einfach so geschlagen geben. Es ist nicht eure Schuld, daß ihr in dieser Lage seid. Schließlich hat man euch hergeholt, und dann hat man euch fallen lassen. Wenn wir darüber schreiben, könnte euch das helfen.«

»Interessiert nix … nix schreiben … pst!«

»Ist uns scheißegal, ob sie Mülltonnen wieder aufmachen …«

»Jetzt gib schon die Kohle, Mann.«

So plätscherte das Gespräch etwa zehn Minuten lang dahin. Wir kamen nicht zu Potte.

Als wir gingen, war es längst dunkel. Und in der Dunkelheit war der Ort noch deprimierender. Wieder einmal fand Casa den Casus Knacksus.

»Weißt du, das Problem ist, daß sie keine Hunde haben. Wir müssen welche für sie auftreiben.«

»Warum sollen wir Hunde auftreiben?«

»Wenn du dir einbildest, Rochembault würde auf unsere Fotoserie von der Hundemeute verzichten, bist du schief gewickelt, Großer.«

»Mist, das ist wahr. Das habe ich nicht bedacht.«

12

Wie üblich haben wir im Hotel schlecht zu Abend gegessen, und wie üblich ging Casa anschließend schlafen. Beim Essen hatten wir zwar immer unseren Spaß und becherten oft auch ausgiebig, aber auf meine nächtlichen Streifzüge begleitete mich Casa nie.

»Aus dem Alter bin ich raus. Außerdem bin ich verheiratet.«

»Das Alter lassc ich als Entschuldigung gelten, aber alles andere … ich bitte dich. Die Ehe ist doch kein Stall, in den man bei Einbruch der Nacht brav zurückkehrt wie eine Kuh. Und schon gar nicht, wenn man weit weg ist von seinem Hof.«

»Was soll ich denn in einer Kneipe? Mich besaufen? Da bestell ich mir doch lieber hier noch eine Flasche. Und den Mädchen nachsteigen? Na, darauf habe ich schon lange keinen Bock mehr. Und außerdem, siehe oben: Ich bin verheiratet.«

»Jetzt sag bloß nicht, du wärst immer treu gewesen.«

»Logo.«

»Erzähl keinen Quatsch.«

»Nein. Ich sage ja nicht, daß ich nie Lust auf eine andere gehabt hätte. Das liegt in der Natur des Mannes – genauso wie es in der Natur der Frau liegt, von einer Hochzeit in Weiß zu träumen. Aber was habe ich denn davon, diese Landeier flachzulegen? Kannst du mir das mal verraten?«

»Was du davon hast! Weiß ich doch nicht. Es macht Spaß, das ist alles. Man hat eine schöne Zeit. Und dagegen ist ja wohl nichts einzuwenden.«

»Klar doch, Dickerchen. Aber was bringen dir denn diese Eintagsfliegen? Ein paar gute Nummern, um vor deinen Kumpeln anzugeben. Vielleicht auch mal 'ne nette Erinnerung. Aber ansonsten …«

»Mensch, bist du kretzig heute abend, Casa. Willst du noch einen Cognac?«

»Ja zum Cognac, nein, was meine Laune betrifft. Ich bin nicht kretzig, Großer, ganz und gar nicht. Weißt du, warum es in unserem Job so viele Alkoholiker und so viele Scheidungen gibt? Genau deshalb!«

»Weil wir fremdgehen?«

»Nein. Das Fremdgehen ist nur eine Auswirkung davon. Der Grund ist, wenn man alles, auch die Frauen, immer nur abhakt, wenn man über alles immer nur hinweggeht, dann geht man am Ende am Wesentlichen vorbei – einer Frau, einer Liebe, einem Leben.«

»Verstehe ich nicht.«

»Du bearbeitest Frauen wie Reportagen. Eine nach der anderen. Da bist du nicht der einzige, es ist eine Berufskrankheit. Man kommt irgendwohin, man reißt eine Frau auf, dann geht man woandershin, und alles beginnt von vorn. Aufreißen, aufreißen, aufreißen – doch wir nehmen uns nie die Zeit, die Risse zu füllen. Man kann sein Leben nicht auf Leerstellen bauen, Großer. Sonst endet es mit einer Scheidung.«

»Oder man trinkt.«

»Ich bin kein Alkoholiker, Bürschchen. Ich trinke nur aus einem einzigen Grund: Weil es mir gefällt.«

»Na, und ich habe eben eine Frau nach der anderen, weil mir das gefällt.«

»Nein, dir gefällt die Abwechslung. Aber paß auf, Großer: Wenn du alles bespringst, was einen Rock trägt, dann trittst du auf der Stelle.«

»Genau, Opa. Und jetzt hau ich ab.«

Als ich ging, bestellte ich für Casa einen Kamillentee auf meine Rechnung.

In Kleinstädten ist die Auswahl an Bars, die noch spät geöffnet sind, ziemlich eingeschränkt. Bestenfalls gibt es die Bahnhofskneipe mit Blick auf den Parkplatz und einem Teppich aus Kippen vor dem Tresen. Schlimmstenfalls gibt's nicht mal das. Hier aber, o Wunder, gab es eine Bar gleich neben dem

Hotel. Betrieben von einem Afrikaner mit einem breiten Lächeln voller Zähne und schimmerndem Zahnschmelz.

Die Kneipe war zwar nicht besonders schön, aber gemütlich durch den Rauch, der im Luftzug der Tür waberte, das gelbe und orange Licht an den Wänden, die Musik, das laute Stimmengewirr und das ständige Hin und Her zwischen Bar und Hinterzimmer. Es gab hier einen Cocktail aus Ichweißnichtwas, der das Blut ganz schön in Wallung brachte: *Super Massamba*.

Ich war gerade bei meinem zweiten, als sie hereinkam. Es machte »bing!« in meinem ganzen Körper. Nachts war sie noch hübscher als bei Tag. Es gab nur noch sie – sie und ihr Lächeln in dieser Kneipe, sie und ihre Armbeuge im Raum, ihre blonden Haarsträhnen über den Augen.

Ich spürte ein Kribbeln im Bauch, das mir bis ins Hirn stieg und in mir das unbedingte Bedürfnis auslöste, sie anzusprechen, sie mit meinen Worten zu verschlingen und mit mir zu füllen. Meine Hände wurden heiß und trocken.

Als sie an mir vorüberging, hob ich die Hand zum Gruß.

»Sieh an, mein Journalist. Was machen Sie denn hier?«

»Ich entspanne mich.«

»Wollen Sie sich zu uns setzen?«

»Ich will nicht stören …«

»Kommen Sie, Sie wollen doch hier nicht allein versauern.«

»Danke schön.«

Wir setzten uns an einen Tisch, wo schon fünf, sechs Leute saßen. Männer und Frauen gemischt. Ich betrachtete die Typen, um herauszufinden, welcher ihr Kerl sein könnte. Auf den ersten Blick keiner. Doch sie hatte sich nicht neben mich gesetzt, und ich landete am anderen Ende des Tisches neben einer redseligen drallen Brünetten, die mich gleich mit Fragen zum Journalismus zutextete. Brabbel, brabbel, brabbel, bla, bla, bla. Ich sagte immer nur »ja, ja«, sowenig unfreundlich, wie ich konnte, und konzentrierte mich, soweit möglich bei dem Geplapper, auf das Gespräch, das mein Fräulein auf der anderen Seite des Tisches führte. Doch es war vergeblich. Durch das Geschwätz dieser blöden Nuß, durch die Entfernung und durch meinen dritten *Super Massamba* bekam ich nur Wortfetzen mit. Manchmal hörte ich sie lachen und dazwischenrufen und weidete mich an jeder ihrer Bewegungen.

Zum Glück bleibt man bei derartigen Anlässen nie lange am selben Platz sitzen. Man steht auf, holt sich etwas zu trinken, geht kurz pinkeln, begrüßt einen Neuankömmling, vertritt sich einfach die Beine oder lüftet den Kopf aus. Und darin bin ich ziemlich gut. Kaum wurde der Platz links neben mir frei, setzte ich mich dorthin. Und so näherte ich mich Stuhl um Stuhl derjenigen, zu der ich wollte. In kaum einer halben Stunde hatte ich's geschafft und rührte mich nicht mehr vom Fleck. Mir ging's gut.

Sie redete vielleicht noch fünf Minuten mit den Jungs und Mädels weiter, dann sah sie mich an.

»Wie weit sind Sie gekommen?«

»Das sehen Sie doch, bis zu Ihnen.«

Sie hatte ein hübsches Lächeln.

»Ja, das sehe ich. Gute Annäherung übrigens.«

»Ach, haben Sie es gesehen?«

»Diskret, aber ziemlich zügig.«

»Die Eile, ich weiß, ich weiß … Das ist mein großer Fehler.«

»Aber es hat was. Man denkt sich: Holla, ein Mann, der weiß, was er will.«

»Und was will ich Ihrer Meinung nach?«

Wieder hat sie gelächelt.

»Mich zu dieser Geschichte interviewen, an der Sie gerade schreiben.«

»…«

»Oder irre ich mich?«

Was, außer nein, hätte ich antworten können, um nicht als Vollidiot dazustehen? Also sprach ich mit ihr darüber. Das paßte mir zwar nicht, war aber immer noch besser als gar nichts. Zumindest unterhielten wir uns.

»Ich war bei Ihren Obdachlosen.«

»Meine Obdachlosen? Das sind nicht meine Obdachlosen.«

»Sozusagen. Sie wissen, was ich meine.«

»Nein. In Ihrem Beruf dürfte es kein Sozusagen geben! Vor lauter Ungefähr wird am Ende alles beliebig.«

»Okay, okay, ist ja gut, ich habe verstanden. Ich war also bei den Obdachlosen. Es dürfte ziemlich schwierig werden, sie als sympathische Zeitgenossen rüberzubringen, die sind echt ziemlich daneben.«

»Daneben?«

»Na, wie man halt so sagt – jenseits von Gut und Böse …«

»Ich weiß, aber was genau meinen Sie damit?«

»Daß sie … sich eben auf einer anderen Umlaufbahn als der Durchschnittsmensch bewegen. Wenn Sie wissen, was ich meine.«

»Ich glaube schon.«

»Diese Typen sind wirklich so daneben, daß ich mich gefragt habe, warum Sie sich für sie einsetzen.«

»Ich setze mich doch gar nicht für sie ein.«

»Äh … Sie haben das Rathaus, das Bezirksamt und das Sozialamt benachrichtigt. Sogar bei *France Info* angerufen.«

»Stimmt, aber das macht mich nicht zu ihrer Anwältin.«

»'tschuldigung, ich steige da nicht mehr ganz durch. Erst setzen Sie Himmel und Hölle in Bewegung, damit man über diesen Fall spricht, dann sagen Sie, daß Sie sich für diese Typen gar nicht einsetzen wollen.«

»Das habe ich nicht gesagt. Ja, ich habe Himmel und Hölle in Bewegung gesetzt, damit man diesen Männern hilft, die das Schicksal auf kleiner Flamme in der allgemeinen Gleichgültigkeit eingehen läßt. Doch ich will weder deren Sprachrohr sein noch das Sprachrohr von irgend jemandem. Ich bin einfach eine ganz normale Frau, die über die Auswüchse des Systems empört ist. Jedem denkenden Menschen muß diese enorme Verschwendung doch grotesk erscheinen. Auf der einen Seite hat man Nahrung in Hülle und Fülle und weiß nicht, was tun damit, auf der anderen Seite verhungern die Leute. Und dazu ein völlig absurdes System, das Sicherheitskräfte einsetzt, um die Notleidenden daran zu hindern, sich aus den Mülltonnen zu bedienen. Tut mir leid, aber da könnte ich die Wände hochgehen! Und wenn ich mich engagiere, dann nicht, um mich aufzuspielen, sondern damit sich was bewegt. Nur darum geht's mir. Ich will nicht, daß meine Person erwähnt wird.«

»Verstehe. Dennoch waren Sie heute mittag bereit, sich fotografieren zu lassen.«

Paff, das hat gesessen.

»Und haben Sie ein Foto? Nein! Das zählt also nicht … außerdem, wir wollten doch nicht über mich reden, sondern über diese Geschichte. Wie weit sind Sie?«

»Wenn das so ist, dann ist es für Sie nicht von Bedeutung, zu wissen, wie weit ich bin.«

»Was soll das? Habe ich Sie verletzt?«

»Nein, ich wollte einfach nur so mit Ihnen reden.«

»Sie sind ein komischer Journalist! Erst setzen Sie sich neben mich, dann ziehen Sie ein Gesicht, weil wir über die Geschichte sprechen, die Sie hergeführt hat. Seltsam, oder?«

»Gut, ich gehe jetzt schlafen.«

Ich stand auf und ging. Ich habe sehr wohl gehört, daß sie mir nachgerufen hat, aber ich bin nicht stehengeblieben. Ich finde, Flucht ist eine akzeptable Alternative, wenn eine Affäre schlecht anfängt.

Ich verließ die Bar und wollte die Straße hinauf zum Hotel gehen. Nach ein paar Schritten hörte ich die Glöckchen am Eingang der Bar klingeln. Ich drehte mich um – sie war es. Sie kam auf mich zu.

»Was ist denn mit Ihnen los? Was habe ich gesagt, daß Sie so sauer sind?«

»Nichts. Und genau deswegen bin ich gegangen. Weil Sie nichts sagen.«

»Aber Sie haben mir doch gar keine Fragen gestellt.«

»Ach, fangen Sie nicht schon wieder an! Mir ist diese Geschichte schnurzegal, verstehen Sie? Zumindest jetzt ist sie mir egal. Ich habe mich nicht neben Sie gesetzt, um darüber zu reden.«

»Aha.«

Schweigen.

»Hoffentlich haben Sie als Journalist mehr drauf.«

13

Trotz der Kälte liefen wir beide noch lange durch die Straßen von Arras. Die Häuser zeichneten sich vor dem Mond ab, die Straßen waren wie Korridore aus Reif, und unsere Worte stiegen wie weißer Dampf in die kalte, klare Nachtluft auf. Über uns die leuchtenden Weihnachtsgirlanden. Unsere Schritte hallten unter den Arkaden der Place Carrée. Unsere dick eingehüllten Arme berührten sich manchmal, im böigen Nachtwind verwoben sich unsere Haare. Berührung ohne Bewegung. Wir redeten über alles und nichts und duzten uns. Worte, die man nur bei diesen ziellosen Spaziergängen ausspricht. Man meint, sie seien leicht und folgenlos, und doch sind sie so prägend. Die Stunde der bedeutungslosen Vertraulichkeiten.

»Meine Eltern sind bei einem Autounfall gestorben. Ein ganz sinnloser Unfall – wenn es so etwas wie einen sinnvollen überhaupt gibt. Na ja … Bei dieser Gelegenheit lernte ich die Welt der Journalisten kennen.«

»Oha!«

»Wie du sagst: oha! In unserem Ort gab es die Laslandes-Brüder. Zwillinge. Sie sahen sich so ähnlich, daß sie sich selbst kaum auseinanderhalten konnten. Ihre Ähnlichkeit fanden am Anfang alle drollig, besonders ihre Eltern. Und anstatt sie unterschiedlich anzuziehen, gaben sie ihnen auch noch die gleiche Kleidung. Es dauerte also nicht lange, bis die zwei Rabauken begriffen, welche Vorteile sie aus dieser Situation ziehen konnten. Sie hatten sich eine gewitzte Methode ausgedacht. Während der erste etwas ausfraß, machte sich der zweite anderswo bemerkbar. Und wenn sie bestraft werden sollten, beschuldigte der eine den anderen. Wie wollte man denn herausfinden, welcher von beiden der Schuldige war? Ein Ding der Unmöglichkeit. Solange sie klein waren, machte das keine Probleme – eine Tracht Prügel für beide, und alle waren's zufrieden. Doch mit der Zeit wurde es ihnen zur Gewohnheit, und je älter sie wurden, desto schlimmer trieben sie es. Einbruch, Diebstahl, Körperverletzung … Es war immer dieselbe Masche: Während der eine in eine Tankstelle einbrach, schlug der andere woanders Radau. Und vor Gericht, vor dem Richter und seinen Beisitzern, beschuldigten sie sich gegenseitig und schworen bei allem, was ihnen heilig war, daß sie lediglich für den Rabatz verantwortlich seien. Also Freispruch. Ich erinnere mich, daß die Richter sich nicht mehr zu helfen wußten, sie konnten schließlich keinen aufs Geratewohl bestrafen. Und eines Tages beschlossen die beiden, zur Abwechslung mal einen Unfall zu verursachen. So kamen meine Eltern ums Leben.«

»Wie alt warst du damals?«

»Siebzehn … eine alte Waise. Aus ganz Frankreich kamen Journalisten, um darüber zu berichten. Und während der zehn Tage, die der Fall die Ehre hatte, auf Seite eins zu erscheinen, ging es nur um die Brüder Laslandes, um Zwillinge und deren außergewöhnliches kriminelles Potential. Über meine Eltern, über mich – kein Wort. Wenn, dann als Ausschmückung, um die Artikel lebendiger und menschlicher zu machen. Verzeih mir, wenn ich dich damit verletze – aber seitdem sehe ich Journalisten am liebsten von weitem. Ich erkenne an, daß sie zu etwas nütze sein mögen, aber ihre Methoden gefallen mir einfach nicht.«

»Verstehe … allerdings warst du auch nicht das Thema.«

»Das Thema! So gesehen, mag sein … Und du, wie bist du Journalist geworden?«

»Durch eine vertauschte Akte.«

»Eine vertauschte Akte?«

»Ich habe mich für ein Praktikum als Schriftsetzer bei der Druckerei des *L'Est républicain* beworben – es war einfach so eine Idee, weil ich keinen Schimmer hatte, was ich werden sollte. Ich weiß nicht, wie es passiert ist, aber eines schönen Tages kriegte ich ein Schreiben mit der Bitte, mich am Montag, dem 3. Juli, in der Redaktion von Vesoul einzufinden und mein einmonatiges Praktikum zu beginnen. Später erfuhr ich, daß ein Student der Journalistenschule einen Brief der Druckerei von Nancy wegen eines Praktikums als Schriftsetzer bekommen hat.«

»Und Vesoul wolltest du immer schon mal kennenlernen …«

»Die Stadt ist besser, als man denkt.«

»Als du dort angekommen bist, mußten sie ihren Irrtum doch bemerken.«

»Zunächst nicht. In der Redaktion von Vesoul hat mich der Chefredakteur den drei Journalisten und den Assistenten vorgestellt, anschließend brachte er mich nach Gray, einem dreißig Kilometer entfernten Kaff. Im Reisebüro des *L'Est républicain* hat er mir ein kleines Hinterzimmer mit einem Schreibtisch, einem Telefon und zwei Fotoapparaten gezeigt. Das ist Ihr Reich, hat er gesagt. Dann ist er gegangen.«

»Und du hast nichts gesagt.«

»Natürlich nicht.«

»Aber was hast du denn vom Journalismus gewußt?«

»Nichts.«

»Wie hast du dich aus der Affäre gezogen?«

»Ich hab Glück gehabt. Noch am selben Abend schossen zwei Jugendliche dem Bürgermeister von Gray mit einer Schrotflinte aus nächster Nähe ins Gesicht. Eine Sekretärin des Bürgermeisters, die kurz zuvor entlassen worden war, wollte sich rächen und hatte die Jungs angestiftet – und ihnen als Belohnung versprochen, sie ranzulassen.«

»Das nennst du Glück?«

»Für einen Journalisten ist es Glück – für mich war es das auch, denn ich habe entdeckt, daß ich eine Geschichte erzählen kann und daß mir die vermischten Nachrichten Spaß machen.«

»Und so bist du am Ende bei *Radar* gelandet.«

»Exakt.«

»Komisches Blatt.«

»Nicht blöder als die anderen.«

»Und was willst du jetzt für diese Jungs tun?«

Ich hatte keine Lust zu antworten, keine Lust, ihr von dem Beiwerk zu erzählen, das ich gefunden hatte, um meinen Artikel zu schreiben.

»Und du, wie bist du Bildhauerin geworden?«

»Um meine Eltern wiederzufinden.«

»Wie bitte?«

»Ich mußte die Leichen in der Pathologie identifizieren … Das war nicht schön. Überhaupt nicht schön. Sie waren entstellt und sahen gar nicht mehr aus wie meine Eltern, zumindest nicht wie die, die ich gekannt hatte. Um diese Gesichter loszuwerden, habe ich beschlossen, sie mit meinen Händen wiederzuerschaffen. Ich habe ihre Köpfe aus Ton modelliert, modelliert und modelliert – und da waren sie wieder.«

Noch eine ganze lange Weile gingen wir so weiter. Je mehr wir miteinander sprachen, desto klarer wurde mir, daß die Sache mit den Hunden überhaupt keine gute Idee war, doch ich traute mich nicht, es ihr zu erzählen.

Dann standen wir vor ihrem Atelier – offensichtlich ganz zufällig, denn sie schien überrascht. Wir blickten uns ein bißchen verlegen an und wußten nicht, was sagen. Ich wollte ihr schon die Hand geben, aber sie reckte den Kopf, und ich küßte sie auf die Wange. Dann drückte sie ihre Lippen auf meine … ein Kuß wie eine Liebkosung.

Sie sagte auf Wiedersehen, und hinter ihrem Rücken, über den ihre blonden Haare wehten, ging die Tür zu.

14

»Ah, Großer, komm in meine Arme! Laß dich drükken! Ich muß dir danken! Sieh dir das an! Ich! Auf der Titelseite des Regionalteils. Wahnsinn! Vierspaltig, bitte schön! Und ich bin als Sonderkorrespondent erwähnt! Ah, danke, vielen Dank. Ohne dich hätte ich von der Sache gar nichts mitgekriegt.«

Martingal hielt mir sein Blatt am ausgestreckten Arm vor die Nase und schlug mit dem Handrücken immer wieder auf die Schlagzeile. Es stimmte. Auf der Titelseite des Regionalteils prangte vierspaltig sein Artikel »Supermarkt contra verhungernde Hunde«.

Ich las den Bericht und merkte, daß ihn die Redaktion in Nancy großzügig geändert hatte, damit er seinem Ehrenplatz gerecht würde.

In die Schilderung, die ich Martingal am Tag zuvor gegeben hatte, hatte ich nur eine lockere Anspielung auf die Hunde eingeflochten – ein, zwei Zeilen; genau so viel, wie ich für meinen kleinen Trick brauchte.

Doch in dem Artikel, den ich nun vor Augen

hatte, wurde diese Geschichte von einem Nichts zu einem Martyrium, einem Alptraum, dem Grauen schlechthin aufgeblasen. Dort hieß es: Vom Hunger getrieben, würden die Hunde demnächst unweigerlich zu einer Gefahr für ihre Herrchen und jeden anderen Menschen werden, der in ihre unmittelbare Nähe käme. Der Verfasser rief die Behörden zwar nicht direkt auf, eine großangelegte Einschläferungsaktion einzuleiten, doch man konnte es aus jeder Zeile herauslesen. Aufgrund dieses Artikels würde uns Rochembault ganz sicher bitten, noch ein bißchen länger zu bleiben.

Martingal konnte kaum mehr an sich halten. Zum allerersten Mal in seiner Karriere hatte er einen Artikel als Aufmacher des Regionalteils plazieren können. Er konnte sich gar nicht mehr einkriegen.

»Es tut sich was, Freunde, es tut sich was! Wenn ich mich ranhalte, wird Nancy ganz sicher auf mich aufmerksam ... Und wenn ich es geschickt anstelle, könnte ich sogar eine Stelle als Korrespondent in Paris bekommen. Und dann, Freunde, dann geht's richtig los!«

Die Phantasie ging völlig mit ihm durch. Casa und ich sahen uns nur an. Ohne Worte. Wir wollten sein kleines Glück nicht zerstören. Wenn es ihm Spaß machte, sich derart reinzusteigern, dann war das sein Problem, nicht unseres.

Er bestand darauf, uns zum Dank für unsere Hilfe einen auszugeben. Doch für mich war es noch ein bißchen früh – außerdem dröhnten die *Super Massamba* schmerzhaft unter meinen Haaren –, und Casas Zeit war auch noch nicht gekommen. Und während Martingal seine Freude hinausposaunte, flüsterte mir Casa ins Ohr:

»Wir müssen jetzt Hunde auftreiben.«

»Du hast recht. Aber wo sollen wir denn hier Köter finden?«

»Im Tierheim.«

»Gar nicht blöd.«

Das Tierasyl befand sich ein paar Kilometer außerhalb von Arras am Rand eines Dorfs. Ein einstöckiges Gebäude an der Straße, mit Kalk geweißt; das Ziegeldach war nicht mehr rot, sondern fast schwarz vom vielen Regen und Nebel. Ein tadellos gepflegtes Gärtchen, Zwerge tummelten sich im Steingarten am Eingang.

Innen herrschte beispielhafte Reinlichkeit, alles war blitzsauber, doch der schwüle, stechende Geruch nach Katzenpisse und nassem Hundefell verdarb den schönen Schein. An den Wänden des blautapezierten kleinen Flurs hingen Fotos von einer jungen Frau in der Uniform einer Tambourmajorette des Clubs *Twirling Bâton* aus Béthune. Ein hübsches Mädchen, dessen Beine von einer dicken beigen Strumpfhose verhüllt waren. Federbusch am Hut, Minirock mit schillernden Pailletten, weiße Stiefel mit Plateausohlen. Die Farben auf den Fotos waren verblichen; schwer zu sagen, ob es Bilder aus der Jugendzeit der Frau waren oder Aufnahmen von einer ihrer Töchter – falls sie überhaupt verheiratet war.

Myriam Vanderarden, die Leiterin des Tierheims – dick, blondes Kraushaar –, thronte in einem Lehnstuhl mit beigem Satinbezug. Sie trug eine Samttunika von einem Rot, das leuchtete wie ein Rubin in den Schmuckauslagen von *Leclerc*. An ihren Fingern, die geschwollen und dick waren von zu vielen Pralinen und Keksen, trug sie zierliche schmale Ringe, die fast unter ihren fetten Hautwülsten verschwanden. Ein kleiner roter Mund, die Lippen geschürzt, als würde sie ständig schlotzen. Der üppige Busen hing über ihren vorstehenden Bauch wie der Schokoguß über eine Birne Helene. Und das I-Tüpfelchen: Sie rauchte *Vogues* – superdünne Mentholzigaretten, die in ihren Wurstfingern aussahen wie gefangene Lichtstrahlen.

»Hunde, natürlich habe ich Hunde … zu viele sogar. Wissen Sie, an Weihnachten schaffen sich viele Leute ihre alten Tiere vom Hals und kaufen sich neue. Ich habe jetzt drei, vier Hunde pro Käfig. Ich zeige Ihnen später noch dieses ganze Elend. So viel Herzlosigkeit …«

Zu allem, was sie uns erzählte, sagten Casa und ich »ja, ja« und seufzten betrübt bei all diesen Horrorszenarien, die diese Frau vor uns ausbreitete.

»Aber was für eine Reportage wollen Sie denn über meine Hunde machen?«

»Ja richtig, Madame, also ...«

»Nennen Sie mich Mirza. Sie sind Tierfreunde, also dürfen Sie mich Mirza nennen. So nennen mich meine Freunde. Sie wissen schon ... wie in dem Lied *Z'avez pas vu Mirza?*«

»Mirza? Ach ja – Nino Ferrer.«

»Genau. Ich verwechsle ihn immer mit dem anderen – Léo Ferrer.«

»Ferré.«

»Wie bitte?«

»Léo Ferré.«

»Kenne ich nicht ... Macht nichts. Ihre Zeitung kenne ich dafür sehr gut. Ich lese sie immer, zusammen mit *La Voix du Nord.* Ich weiß, daß Sie sich für Tiere einsetzen, Sie schreiben darüber so schöne Artikel. Ja, beim letzten Mal habe ich fast geweint, bei der Geschichte über das Nilpferd, das die kleine Gazelle gegen das Krokodil verteidigt hat. Ach, das arme Tierchen!«

»Wir wollten zeigen, daß auch Tiere Gefühle haben.«

»O ja, das haben Sie, junger Mann, das haben

Sie … Und manchmal sehr viel mehr Gefühl als Menschen. Man hat schließlich noch nie erlebt, daß ein Tier ein anderes verlassen hat und in die Ferien gefahren ist, oder?«

»Nein, nie …«

»Sehen Sie! Das ist der Beweis. Aber … warum wollen Sie denn jetzt meine Tierchen holen?«

Lügen ist eine Kunst für sich. Ein guter Journalist muß es mit Schmackes können. Und wer behauptet, er habe bei einer Reportage noch nie einen Zeugen belogen, der soll es mir ins Gesicht sagen! Würde man den Leuten nämlich klipp und klar sagen, daß man sie interviewe, wenn man sie zu diesem oder jenem befragt, würde keiner mit uns sprechen.

Eine Regel beim Lügen: Je größer die Lüge, desto mehr muß man sich auf das Körnchen Wahrheit konzentrieren, das sie enthält, und nichts weiter verraten.

»Haben Sie davon gehört, daß man den Obdachlosen verboten hat, an die Mülltonnen des Supermarkts zu gehen?«

»Ich habe es heute morgen in der Zeitung gelesen. Schrecklich! Vor allem für die Hunde. In dem Artikel stand, daß diese Leute ihre Hunde jetzt nicht mehr füttern können.«

»Sie haben keine Hunde, Myriam.«

»Keine Hunde? Aber in der Zeitung stand …«

»Ich weiß, was da stand, Myriam, aber diese Obdachlosen haben keine Hunde – sie haben keine mehr, sollte ich besser sagen.«

»Weil sie sie gegessen haben!«

Ich kam mir schlecht vor, weil ich die gute dicke Myriam so verschaukelte. Doch es gelang mir, meine Skrupel zu überwinden, indem ich mir sagte, dies sei die einzige Möglichkeit, um einen schönen langen Artikel über die Obdachlosen zu schreiben und ihnen vielleicht zu helfen. Und wenn ich mit dieser kleinen Lüge auch einige Leute auf das Unglück der Hunde aufmerksam machen könnte, die an Weihnachten ausgesetzt werden, lohnte es sich doppelt.

»Nein, Myriam, nein, sie haben sie nicht gegessen. Aber sie mußten sie weggeben, damit sie nicht verhungern. Sie können sich vorstellen, wie schmerzhaft das für diese Männer war, die nichts mehr besitzen, die nichts mehr sind und durch die Absurdität und Grausamkeit des Systems nun auch noch gezwungen wurden, sich von den einzigen Wesen zu trennen, die für sie ein wenig Zärtlichkeit und Liebe bedeuteten.«

»Wie schrecklich … Und Sie wollen ihnen neue Hunde schenken?«

»Nein. Wie sollten sie sie denn ernähren?«

»Stimmt. Aber was wollen Sie dann mit meinen Hunden?«

»Wir wollen lediglich die Obdachlosen mit den Hunden fotografieren – um sie ›vorher‹ und ›nachher‹ zu zeigen. Wenn Sie verstehen, was ich meine.«

»Ich verstehe sehr gut. Aber das wäre eine Lüge.«

»Ach, Lüge … Übertreiben wir mal nicht.«

»Schon ein bißchen. Wenn Sie Fotos mit den Hunden machen und sagen, es seien die Tiere der Obdachlosen, wäre das unehrlich.«

»So gesehen, haben Sie recht. Es ist gelogen. Aber wenn es nur eine Illustration sein soll?«

»Eine Illustration?«

»Ja, um zu zeigen, wie glücklich die Männer zuvor waren. Wir behaupten ja nicht, daß es ihre Hunde sind, das würde uns auch keiner abnehmen.«

»Ach ja?«

»Können Sie sich vorstellen, daß die Obdachlosen Fotos von sich und ihren Hunden haben?«

»Natürlich nicht …«

»Sie sehen also, daß es keine Lüge sein kann, weil es niemand glauben würde.«

»Sie haben recht.«

Auf dem großen Gelände hinter dem Haus war der Zwinger. Ein weites quadratisches Feld, umgeben von einem hohen grünen Gitter. Etwa dreißig Käfige in zwei Reihen mit einem Mittelgang aus nacktem Beton, der an der Hintertür des Hauses begann. In jedem Käfig steckten die unterschiedlichsten Hunde zusammen. Große, räudige, bissige, kleine, pelzige, schwächliche, mit langem Schwanz oder kupiertem Schwanz, sie sprangen, sie bellten, sie schliefen, sie waren stumm, aufgestellte Ohren, Schlappohren, Bastarde, Rassehunde, Tiere mit Stammbaum … Es gab auch ein paar Käfige mit Katzen, die zwar sehr viel ruhiger und gelassener waren, mit ihren aufgestellten Schwänzen und den rosa Arschlöchlein, aber auch nicht sehr viel schöner anzusehen waren.

Myriam schritt leidend durch den Zwinger. Das spürte man. Ich fragte mich, warum sich diese Frau so sehr um ausgesetzte Tiere kümmerte. Wahrscheinlich hatte sie niemanden mehr, dem sie ihre überschwenglichen Gefühle zukommen lassen konnte. Wäre sie ein Mann gewesen, hätte sie wohl angefangen zu trinken.

Während wir an den Käfigen vorbeigingen, erzählte sie uns, wie das jeweilige Exemplar zu ihr gekommen war und wie lange sie schon Tiere aufnahm. Sie sprach von der Großherzigkeit der Nachbarn, die ihr Essensreste und von Zeit zu Zeit auch Geld gaben. Und von den Spenden, die sie bekam, wenn ein örtliches Blatt über sie berichtete.

»Manche Leute klingeln nicht mal, sie kommen nachts und werfen das Tier über den Zaun, wie ein

Paket. Bei Katzen geht das ja noch, aber bei Hunden! Immer mehr haben gebrochene Läufe oder verrenkte Hälse, wenn nicht Schlimmeres. Warum machen die Leute das? Warum? Es ist doch nicht schwierig, einen Hund zu halten, er kann die Reste essen, wenn man nicht genügend Geld für Futter hat. Keiner soll mir sagen, das sei kostspielig. Und dann wirft man sie einfach über den Zaun, also wirklich. Dabei weiß man hier doch, daß ich die Leute nie wegschicke, die herkommen. Sie wollen Ihren alten Gefährten loswerden? sage ich, kein Problem, geben Sie ihn her. Und wenn Sie eines Tages Sehnsucht nach ihm haben, können Sie ihn wieder abholen … Aber nein, nachts kommen sie und schmeißen sie einfach über den Zaun …«

»Vielleicht schämen sie sich.«

»Ach, was – Scham! Nein, nein, Monsieur. Um sich zu schämen, braucht man ein Gewissen.«

15

Kaum waren wir bei Myriam draußen, brach das Chaos los. Ich hatte im ganzen vier Hunde an der Leine. Zwei an jeder Hand. Links einen großen Schäferhund und ein kleines Wuscheltier, rechts ein rabenschwarzes Exemplar und ein ziemlich seltsames, aber waches Tier.

Schon die Auswahl war abenteuerlich gewesen, denn alle Köter im Zwinger wollten mit von der Partie sein. Sie hatten wohl verstanden, daß wir sie aus ihrem Gefängnis holen würden, und drehten fast durch, weil sie zeigen wollten, was für schöne, treue und lustige Kameraden sie waren. In einem fürchterlichen Tohuwabohu jaulten, sprangen, kläfften sie und beschnüffelten sich gegenseitig das Hinterteil. Wuff, wuff – wau, wau! Als Casa und ich aufgebrochen waren, hatten wir uns vorgenommen, die fotogensten zu nehmen, doch bei dem Theater, das alle machten, bei diesem Gebell, diesem Gewinsel und Geschnappe blieb uns nichts anderes übrig, als jene Tiere zu nehmen, die Myriam aus dem lautstarken Knäuel herausziehen konnte. Ich war überrascht von der Wendigkeit, mit der sie die Hunde packte, während sie die restliche Meute mit heftigen Tritten und Stößen zurückdrängte.

Nun stand der große Schäferhund also im Eingang und zog wie verrückt nach rechts. Zack, flog mein linker Arm mit, und der kleine Wuschel hing röchelnd an der Leine wie ein Stück Rauchfleisch. Jetzt sprang der Schwarze einfach drauflos und fing an, Wuschels Bauch kraftvoll und haßerfüllt zu traktieren, als hätte er mit ihm noch eine Rechnung offen. Wie sie bellten und jaulten! Und die anderen hinten im Zwinger fielen in das Konzert ein und schickten ein fürchterliches Geheul gen Himmel. Wau-hau-u-u-u! Und dann erlaubt sich der kleine Schlaumeier mit dem wachen Auge einen Scherz und setzt doch tatsächlich, einfach so, ein Häufchen auf die Treppe. Die Leinen verheddern sich, und im Handumdrehen bin ich eingewickelt wie eine Wurst. Zu Hilfe, Casa, zu Hilfe. Doch der interessiert sich einen Dreck für meinen Schlamassel. Er ist viel zu beschäftigt damit, sich zu beömmeln und mich zu fotografieren, anstatt mir zu helfen.

»Nur zu, weiter so! Nicht lockerlassen, Großer! Zeig ihnen, wer der Chef ist!«

Das Häufchen des kleinen Witzbolds spritzt in alle Himmelsrichtungen, weil ich ihn überall mit hin zerre, während die anderen drei »hü, hott« mit mir machen. O je, o je, wenn das so weitergeht, lande ich todsicher auf der Schnauze.

Aber so nicht, nicht mit mir! Ich lasse mir doch nicht von vier dämlichen Hunden auf der Nase rumtanzen. Ich straffe mich, verteile kräftige Tritte, ziehe an den Leinen, und die Meute beruhigt sich. Stolz sehe ich Casa an.

Wir stopften die Köter auf die Rückbank von Casas *American 2* und fuhren zu den Obdachlosen. Wir wollten für die Fotos noch Tageslicht haben. Nun konnten wir nur noch hoffen, daß die Burschen in ihrem Quartier wären und nicht durch die Landschaft streiften.

Auf der Fahrt rief ich Rochembault in der Redaktion an.

»Und? Wie weit seid ihr?«

»Wir kommen der Sache näher.«

»Das ist keine Antwort! Habt ihr die Fotos von den Hunden?«

»Äh, haben Sie Zeitung gelesen?«

»Natürlich habe ich Zeitung gelesen. Für wen hältst du mich, Großer? Also, habt ihr die Fotos?«

»Ein paar, aber noch nicht alle.«

»Will heißen?«

»Wir haben Fotos von den Obdachlosen mit ihren Hunden in ihrer Bude, aber wir haben sie noch nicht vor dem Supermarkt.«

»Ah, die brauche ich aber! Unbedingt. Absolut! Man sollte darauf sogar sehen, wie sie von den Sicherheitskräften zurückgedrängt werden.«

»Das wird schwierig.«

»Dafür werdet ihr bezahlt, Freundchen. Also, keine Diskussion – an die Arbeit.«

»Alles klar.«

»Und was bringt diese Geschichte außerdem?«

Ich erzählte ihm, wer alles beteiligt war: Lépice, der nichts für die Sache konnte; das Fräulein, das sich für die Obdachlosen einsetzte; das Sozialamt, das verboten hatte, die Mülltonnen freizugeben; der Bürgermeister, dem alles egal war; und das Bezirksamt, das der Meinung war, es sei das Problem des Bürgermeisters.

»Na ja, nicht gerade weltbewegend. Dafür will ich Interviews mit allen Obdachlosen, Großer. Und nicht nur ein paar Worte, die du aus der Lokalpresse klaust. Kapiert? Ich will eine Korrespondentenreportage, was hundert Prozent Authentisches. Ihre Einzelschicksale; wie sie die Hunde gefunden haben; wie sehr sie sie lieben; der Schmerz, wenn sie daran denken, daß sie ihre Hunde verhungern lassen müssen. Wir werden deine Geschichte groß rausbringen. Also, keine Mätzchen!«

»Ist gebongt. Aber lassen Sie uns noch ein bißchen Zeit. Um diese Typen zum Reden zu bringen, braucht man eine Weile.«

»Meinetwegen – am Samstag muß jedenfalls alles im Kasten sein. Bis dahin habt ihr noch jede Menge Zeit.«

»Jede Menge Zeit, das sagen Sie so.«

»Ganz genau, das sage ich! Und weil ich der Chef bin, ist es auch die Wahrheit. Aber genug geschwatzt – du verschwendest nur deine Zeit.«

Und er hängte auf. Aber mir war das egal. Ich hatte bekommen, was ich wollte. Die Zusicherung eines langen Artikels und ausreichend Zeit für mein Fräulein.

Casa maulte wegen der Hunde. Als ich ihm sagte, wir müßten sie bis zum Abend für ein zweites Shooting mit den Obdachlosen vor dem Supermarkt behalten, ging er in die Luft.

»Du spinnst wohl! Das kommt gar nicht in die Tüte! Ich habe die Schnauze voll von deinen blödsinnigen Ideen, Großer. Schau dir nur meine Rückbank an – die ist total im Eimer. Alles voller Hundehaare. Du wirst ja nachher nicht den Wagen schrubben. Das ist dir doch völlig schnurz. Ist ja nicht dein Auto. Und glaub bloß nicht, daß ich diese Penner auch noch rumkutschiere. Danke bestens. Die stinken wie die Pest. Sieh zu, wie du alleine zurechtkommst, ich spiele doch nicht Taxi, nur damit du die große Blonde poppen kannst.«

»Jetzt reicht's aber, Casa.«

»Nein, *mir* reicht's, Großer. Du schnappst völlig über mit dieser Geschichte, und am Ende kommen wir noch in Teufels Küche. So ein Quatsch aber auch, sich eine Reportage dermaßen aus den Fingern zu saugen.«

»Das ist ja wohl der Gipfel. Darf ich dich vielleicht an ›Gefillte Fisch‹ erinnern?«

Es war in der Nähe von Straßburg. Eine Frau hatte ihren Lebensgefährten getötet, indem sie ihm im Bad einen elektrischen Schlag versetzt hatte. Die Geschichte interessierte uns, weil diese Frau die Tat bis ins Detail geplant hatte.

Zuerst kaufte sie einen lebenden Karpfen und einen Haartrockner – um zu sehen, ob es machbar wäre. Zu Hause ließ sie den Karpfen in die Badewanne plumpsen, machte den Fön an und warf ihn ins Wasser. Der Karpfen war auf der Stelle tot. Am nächsten Tag kaufte sie einen neuen Fön, und als ihr Lebensgefährte kam, ließ sie ihm ein Bad einlaufen. Er stieg in die Wanne, und sie tat das gleiche, was sie auch mit dem Karpfen gemacht hatte. Der gute Mann war sofort tot. Dann rief sie den Notarzt an und sagte: »Kommen Sie schnell, ich glaube, ich habe gerade meinen Mann getötet.«

Das war genial. Denn der Rettungsdienst konnte nur noch feststellen, daß der Mann tot und die Frau völlig aus dem Häuschen war.

Verzweifelt sagte sie: »Ich habe mir gerade die

Haare geföhnt, da fing die Kleine an zu weinen. Ich wollte schnell zu ihr und habe den Fön auf den Waschbeckenrand gelegt, und dann ist er in die Wanne gefallen. Schrecklich! Ich habe meinen Mann umgebracht!«

»Aber nicht doch«, sagten die Sanitäter. »Es war ein Unfall, werte Dame, ein tragischer zwar, aber eben ein Unfall. Sie können nichts dafür.«

Man verdächtigt niemanden, der sich selbst die Schuld gibt. Um so weniger, als sie gar keinen Grund hatte, den Mann um die Ecke zu bringen. Soweit man wußte, schlug er sie nicht, betrog sie nicht, kümmerte sich um die beiden Bälger und brachte Ende des Monats immer pünktlich sein Gehalt heim. Der ideale Mann. Vielleicht hat sie ihn ja deswegen kaltgemacht. Manche Frauen können nicht damit umgehen, wenn man nett zu ihnen ist – sicherlich denken sie, sie hätten es nicht verdient. Freundlichkeit, die man geschenkt bekommt, kann eine große Qual sein, wenn man sie nicht annehmen kann.

Die Geschichte könnte damit zu Ende sein, wenn sich das Früchtchen nicht anschließend in den Kneipen der Umgebung wichtiggemacht und damit gebrüstet hätte, daß sie die Polizei an der Nase herumgeführt hat. Bis der ganze Schmus auch den Bullen zu Ohren kam. Eines Morgens um sechs haben sie geklingelt und sie so lange bearbeitet, bis sie gestanden hat.

Das war die Geschichte an sich. Um sie noch würziger zu machen und den Zynismus auf die Spitze zu treiben, hatte Casa die Idee, einzuflechten, daß die Mörderin ihrem Opfer am Vorabend seines Todes noch »Gefillte Fisch« gekocht hatte, nämlich ebenjenen Karpfen, der für die Hinrichtung als Versuchskaninchen gedient hatte. Dieses Detail verlieh der Geschichte den besonderen Pfiff und paßte hervorragend in unsere redaktionelle Linie. Unsere Leser waren so hingerissen, daß damals sogar seriöse Zeitungen darüber berichteten.

So viel zu Casas Tirade vom Berufsethos. Wenn er nicht bald den Mund hielt, könnte ich ihm auch noch den Knaller mit dem angeblich verhexten Haus in Erinnerung rufen.

»*Du* hast mir doch die Geschichte von Clemenza erzählt, oder? *Du* hast doch gesagt, daß die Wahrheit nicht zähle und es unser Job sei, Informationen zu verkaufen! Ja, ich schreibe irgendwas über diese Hunde, aber verglichen mit dem, was es den Obdachlosen bringen kann, finde ich es harmlos. Hast du Martingals Artikel gelesen? Glaubst du wirklich, er wäre auf der Titelseite gekommen, wenn es nicht um die Hunde gegangen wäre? Antworte mir!«

»Du nervst, Großer.«

Es war das erste Mal, daß wir uns so in die Wolle kriegten. Normalerweise hielten wir zusammen.

16

Die Unterkunft unserer Obdachlosen war am hellen Tag noch deprimierender als im Dämmerlicht unseres letzten Besuchs. Auch innen sah sie schlimmer aus. Das fahle, trübe graue Licht drang kaum durch die schmutzigen Fensterscheiben beziehungsweise Pappkartons.

Unsere Freunde waren natürlich da. Immer noch hockten sie auf einem Haufen. In den vielen Kleiderschichten sahen sie aus wie verstaubte *Michelin*-Männchen.

Als sie uns mit den Hunden sahen, rappelten sie sich beunruhigt auf. Ich fragte mich kurz, ob sie uns wiedererkannten. Dann hörte ich aus dem Haufen:

»Ach, die Schreiberlinge sind wieder da.«

»Haben sie Kohle für uns?«

Vladi kam mit dem jungen Blonden auf uns zu.

»Ihr nix bleiben. Ich haben gesagt, ihr gehen.«

Und er machte ein Zeichen, daß wir verduften sollten.

»Was wollt ihr? Wir haben gestern alles erzählt. Es gibt nichts mehr zu sagen.«

Das sagte nun der junge Blonde. Trotzdem war nichts Bösartiges an seinem Ton, ganz im Gegenteil.

»Hört zu – wir wollen euch nicht leimen. Aber für unseren Artikel brauchen wir Fotos von euch, hier und vor dem Supermarkt.«

»Nix Fotos, nix von uns sprechen, wir nix existieren, nix alte Geschichten aufrühren …«

»Warum habt ihr Hunde dabei?«

»Für die Fotos, weil …«

Hier muß ich sagen, daß mir nichts mehr einfiel. Doch Casa, mein teurer Casa, fand wieder mal die Lösung.

»In der Morgenzeitung berichten sie von euch und eurer Geschichte mit dem Supermarkt. Da steht auch etwas von euren Hunden.«

»Wir haben keine Hunde.«

»Deswegen haben wir welche mitgebracht. Ihr wißt doch, wie das läuft – es reicht, daß in einem Artikel etwas über eure Hunde steht, und alle Welt nimmt das für bare Münze. Nun müssen wir euch also mit den Hunden ablichten. Ohne Hunde glaubt niemand, daß ihr gute Kerle seid. Versteht ihr?«

»Nein.«

»Die Hunde sind uns scheißegal. Sie sollen uns für die Fotos Kohle geben und Schluß.«

»Warum sollten wir uns überhaupt fotografieren lassen?«

»Nix Fotos, Cédric, nix Fotos. Sie sollen gehen und nix von uns sprechen. Nix gut, von uns sprechen.«

»Laß gut sein, Vladi. Also, warum sollten wir uns fotografieren lassen?«

»Ohne Fotos kein Artikel. Und ohne Artikel wird sich für euch nichts ändern. Dann verhungert ihr hier in diesem Loch. Doch wenn der Artikel erscheint, ist die Chance groß, daß das Rathaus, das Bezirksamt und das Sozialamt sich rühren und euch hier rausholen.«

»Dazu müßten wir erst mal hier rauswollen.«

»Gefällt es euch denn hier?«

Sie sahen sich an. Dann antwortete der Blonde:

»Nein.«

Cédric, der kleine Blonde, war der einzige, den wir einigermaßen verstehen konnten. Die anderen sprachen ihr unverständliches Kauderwelsch und konnten keinen geraden Satz bilden. Derjenige, der dauernd von Kohle sprach, drückte sich auch klar aus, zumindest grammatikalisch, aber er sagte nie etwas anderes als Kohle, Kohle, Kohle. Eine fixe Idee.

Er hatte es nicht leichtgehabt, unser Cédric, aber er beklagte sich nicht. Er nahm das Schicksal als etwas Unabwendbares hin, mit dem er sich eben arrangieren mußte. Dennoch ging er davon aus, daß er eines Tages aus diesem Elend herauskäme. Er träumte nicht gerade von Luxusautos und Urlaub unter Palmen, nein, einfach von einer Arbeit, einem Haus und, wenn das Glück ihm hold wäre, auch von einer Lebensgefährtin.

»Ich hätte gern irgendwann Kinder. Dann gebe ich ihnen das, was ich nie hatte … Damit ich mir später mal sagen kann, daß ich ihnen geholfen habe, etwas zu werden.«

Es tat mir leid, daß ich ihm nicht helfen konnte, seine Probleme nicht lösen konnte und nicht die nötigen Beziehungen hatte, um ihm eine Arbeit, eine Ausbildung, ein Dach über dem Kopf zu besorgen. Doch so war es eben.

»Wißt ihr, die Sache mit euren Fotos – keine Sorge, wir machen das. Dann haben wir etwas zu tun, und euch hilft es auch, oder?«

»Danke.«

»Schon okay … Aber ihr müßt uns auch verstehen, es ist nicht leicht.«

»Es sind doch nur Fotos.«

»Das mein ich nicht. Es ist nur … es ist eben hart, erst nach den Hunden zu kommen.«

Cédric konnte seine Komparsen schließlich überreden, für uns zu posieren, und wir waren übereingekommen, daß sie für eine warme Mahlzeit noch am selben Abend zum Supermarkt kommen würden, um das Shooting fortzusetzen.

Es lief zwar alles so, wie ich wollte, trotzdem gelang es mir nicht, ganz zufrieden zu sein. Zum einen, weil Casa in seinen Bart grummelte, daß wir einen Riesenbockmist bauten und sich alles rächen würde. Und zum anderen muß ich zugeben, daß ich meinen Trick nicht gerade toll fand. Schlechtes Gewissen hatte ich zwar nicht, und rot wurde ich dabei auch nicht, aber ich hatte einfach seit zu langer Zeit keinen Grund mehr gehabt, auf meinen Beruf stolz zu sein. Ich verdiente meinen Lebensunterhalt, mehr nicht. Ich glaube nicht, daß man diesen Beruf nur aus finanziellen Gründen ausüben kann.

17

Martingal war aus dem Häuschen vor Freude. Nie hatte ich ihn so heiter und fröhlich erlebt. Aufgeregt rieb er sich den Schädel und wollte Casa und mich unbedingt umarmen. Mir machte es nichts aus, aber Casa scheute davor zurück, sich die Backe küssen zu lassen. Umarmungen unter Männern waren für ihn Weiberquatsch, und das konnte er nicht ertragen. Dabei war Casa nicht der Typ, der sich für die sexuellen Vorlieben anderer Leute interessierte. Das hat er schon zu Beginn unserer Zusammenarbeit unter Beweis gestellt, wo er noch überzeugt gewesen war, ich sei andersrum, und nie mit mir darüber gesprochen hat – bis zu dem Tag, als wir zusammen in einer Kneipe saßen und ich vor seinen Augen eine kleine Blonde aufgerissen habe.

»Du bist ja gar nicht schwul.«

»Natürlich nicht. Wieso denn?«

»Hab ich eben geglaubt. Alle sagen es.«

»Stört's dich?«

»Was denn?«

»Wenn ich schwul wäre.«

»Nein. Ist mir egal.«

»Gut. Wenn du's wissen willst – einmal habe ich es mit einem Mann probiert.«

»Nein!«

»Doch, um zu sehen, wie es ist. Aber das ist ganz klar nicht mein Ding.«

»Du bist schon komisch, Großer. Das weiß ich schon vorher, das muß ich nicht erst ausprobieren.«

»Falsch. Man muß alles ausprobieren. Nur wenn man was ausprobiert, läßt man sich darauf ein, unter Umständen positiv überrascht zu werden.«

»Das lohnt die Mühe nicht. Ich hab Phantasie, das reicht mir.«

Martingal also frohlockte. Er grinste breit und wirkte fast so, als sei er von Tatendrang erfüllt – das Äußerste bei diesem Typen, der mehr von einem Weichtier als von einem Wirbeltier hatte. Seine Geschichte als Aufmacher auf der Titelseite hatte ihn wohl gedopt. Noch nie hatten wir ihn in so einem Zustand erlebt. Wir kamen fast nicht zu Wort.

»Ach, Jungs, wenn ihr wüßtet! Wenn ihr nur wüßtet!«

»Was denn?«

»Das kann ich euch nicht sagen. Aber morgen erfahrt ihr es. Ich werde einen großen Coup landen. Das wird einschlagen wie eine Bombe. Es würde mich nicht wundern, wenn man mich dieser Tage bei einem überregionalen Blatt engagieren würde.«

»Du hast endlich die Dreierwette gewonnen!«

»Nein, du Idiot, es geht um die Geschichte.«

»Welche Geschichte?«

»Welche Geschichte, welche Geschichte? Die Geschichte mit den Hunden natürlich!«

»Hast du etwas Neues herausgefunden? Du? Du willst doch nicht etwa sagen, daß du einen Scoop hast?«

»Scht! Kein Wort! Ich sage nichts. Das werdet ihr morgen erfahren. Ihr werdet sehen, daß der alte Martingal etwas kann, wenn er erst einmal loslegt!«

Casa und ich sahen uns an und fragten uns, welche Neuigkeit dieser Verrückte herausgefunden haben könnte. Zumal er sich unseres Wissens immer noch nicht zu den Obdachlosen begeben hatte. Was hatte er also ausgebuddelt? Mysterium.

Doch im Grunde war es uns egal. Wir waren nicht deswegen hier.

»Sag mal, hast du Kontakte zum Rathaus, zum Bezirksamt und zum Sozialamt?«

»Kommt drauf an. Wieso?«

»Weil wir dort mit jemandem sprechen möchten, du Hohlkopf. Wir wollen ein paar Leute interviewen.«

Er gab uns die Namen, und wir zogen los.

Im Wagen stritten wir weiter wegen der Hunde

auf der Rückbank. Casa fand es unerträglich, ihren Atem im Genick und ihren Sabber auf seinem Polster. Er kriegte sich nicht mehr ein – sosehr ich ihm auch klarzumachen versuchte, daß wir die Hunde erst zurückgeben konnten, wenn wir sie mit den Obdachlosen vor dem Supermarkt abgelichtet hätten.

Aus dem Gebrabbel seiner Schimpfkanonade hörte ich heraus, daß er an den Respekt appellierte, den ich seiner Frau schuldete. Die arme Madame Casa, wie er sie immer nannte, wenn er von ihr sprach, verdiente ein sauberes Auto und nicht einen Saustall voller Hundehaare.

Ich hatte Madame Casa nie getroffen, und doch hatte ich das Gefühl, sie zu kennen, denn Casa erzählte mir oft von ihr. Er sprach zwar nie das Wort »Liebe« aus, aber aus allem, was er sagte, konnte man eine große Bewunderung und eine enorme Zärtlichkeit für die Frau heraushören, mit der er sein Leben teilte. Ich stellte sie mir zierlich vor, mit kurzen, leicht getönten Haaren, um das Grau zu überdecken, und mit kurzen, schnellen Schritten wie Casas Wortergüsse. Eine Frau, die unscheinbar wirkte, in Wahrheit aber stark und entschlossen war und sich mit sanfter Autorität um den Haushalt, ihre beiden Kinder und ihren Mann kümmerte.

Seit drei Jahren hatten sie eine Enkelin, nach der Casa ganz verrückt war.

Das Rathaus, ein schönes altes Bauwerk, lag direkt neben dem Uhrturm. In der Eingangshalle trafen wir auf Lépice; er kam aus dem Aufzug. Immer noch war er klein, immer noch hatte er seine Hände auf dem Rücken verschränkt. Als er uns erkannte, verzog er das Gesicht.

»Schnüffeln Sie immer noch hier herum? Haben Sie es nicht langsam satt?«

»Was sollen wir satthaben, Monsieur Lépice?«

»Hier Chaos anzurichten. Mir das Leben schwerzumachen. Und vor allem – warum haben Sie sich ausgerechnet auf mich eingeschossen?«

»Jetzt übertreiben Sie mal nicht, Lépice. Sie sind kein Star, und bevor Ihnen die Paparazzi nachstellen, ist noch ein weiter Weg. Es ist Zufall, daß wir uns hier treffen, purer Zufall.«

»Na ja, auch wieder wahr. Ich meine ja gar nicht Sie persönlich, sondern Ihre Kollegen. Wegen dieser blödsinnigen Geschichte steht seit dem Morgen das Telefon nicht mehr still. Man könnte meinen, es sei die Story des Jahres. Und nicht nur ich werde belästigt – ich komme gerade vom Bürgermeister, der ist auch sauer.«

»Wegen der Geschichte?«

»Genau. Und da Sie schon mal hier sind – können Sie mir vielleicht sagen, was sich dieser Trottel von Martingal da zusammenphantasiert hat, daß er jetzt auch noch Hunde ins Spiel bringt?«

»Hunde?«

»Haben Sie heute morgen seinen Artikel in *La Voix du Nord* nicht gelesen?«

»Ach so, ja … Die Hunde. Ja, ja … Ist mir gar nicht weiter aufgefallen.«

»Hätte es aber sollen. Alle Ihre Kollegen rufen nämlich nur wegen der Hunde an. Sie wollen wissen, warum ich die unverkaufte Ware nicht dem Tierheim gebe. Und ich kann sagen, sooft ich will, daß ich noch nie etwas von diesen Hunden gehört habe – sie wollen mir einfach nicht glauben. Der Bürgermeister übrigens auch nicht, auch er redet nur noch von Hunden. Da hat mich Ihr Kollege ganz schön reingeritten!«

Woraufhin wir uns verabschiedeten und versprachen, ihn zu besuchen, sobald wir mehr über die Hunde wüßten.

Im Aufzug fing Casa an zu lachen.

»Haha, zu komisch!«

»Was ist denn?«

»Ich frag mich gerade, wie du diese Geschichte deinem Fräulein verklickern willst, sobald sie es erfährt.«

»Warum sollte sie es erfahren?«

»Meiner Ansicht nach ist deine Geschichte mit den Hunden noch nicht gegessen, Großer. Und wenn es erst einmal soweit ist …«

Ich hätte gerne den Rest des Satzes gehört, doch

der Aufzug war angekommen, und die Sekretärin des Bürgermeisters erwartete uns schon und führte uns in sein Arbeitszimmer.

Er war um die Sechzig. Graumeliertes Haar und die Figur eines Mannes, dem man sein Alter ansah: ein drahtiger, muskulöser Körper, doch die Haut spannt sich nicht mehr um die Muskeln, sondern liegt wie schlaffe Gaze darüber. Als gäbe es eine Diskrepanz zwischen dem guten Willen und der Realität des Alters.

Sein Büro war geräumig, aber nicht imposant und auch nicht protzig eingerichtet. Wie bei allen Machtmenschen, die Wert darauf legen, ihre Macht auch zu zeigen, lag weder ein Ordner noch ein loses Blatt auf dem großen Schreibtisch aus hellem Holz, hinter dem er thronte. Das Büro war ordentlich und sauber wie die Anweisungen, die er gab, die Entscheidungen, die er traf, die Vorgänge, die er bearbeitete.

»Guten Tag, Messieurs. Setzen Sie sich doch.«

»Danke, daß Sie uns so schnell empfangen konnten, Herr Bürgermeister.«

»Aber ich bitte Sie, das ist doch selbstverständlich. Die Presse wartet nicht. Davon kann ich ein Lied singen. Außerdem muß ich zugeben, daß Sie bestimmt sehr viel mehr für mich tun können als umgekehrt.«

»Ach? Und was können wir für Sie tun?«

»Mir dieses ganze Durcheinander erklären. Was ist das für eine Geschichte mit diesen streunenden Hunden?«

»Woher sollen wir das denn wissen, Herr Bürgermeister?«

»Sie sind nicht gekommen, um mit mir über die streunenden Hunde zu sprechen?«

»Nein. Wir wollten über die Obdachlosen und den Supermarkt sprechen.«

»Ach so, das.«

Er blickte an die Decke und drückte eine Weile an seinem Kugelschreiber herum.

»Schon zu Beginn meiner Amtszeit haben wir auf Gemeindeebene eine Art sozialen Rettungsdienst ins Leben gerufen, den wir mit einem beträchtlichen Etat versehen. Wenn Sie wollen, können Sie die Beratungsstelle und das Wohnheim gern besichtigen, das wir für mittellose Familien eingerichtet haben. Wir finanzieren auch eine große Zahl von Initiativen, die in diesem Umfeld tätig sind, namentlich das Tierheim, das für unsere vierbeinigen Freunde eine bemerkenswerte Arbeit leistet. Doch seit geraumer Zeit befinden wir uns in einer schwierigen sozialen Situation, und trotz unserer Bemühungen und unserer Erfolge bei der Schaffung von Arbeitsstellen in einem landesweit maroden Wirtschaftssystem müssen wir weiterhin für die

Fehler unserer Vorgänger geradestehen. Man sollte einsehen, daß die Gemeinschaft nicht alles leisten kann. Auch wenn es die Rolle der öffentlichen Hand ist, die nötigen Strukturen zu schaffen, damit jeder einzelne sich entfalten kann, kann und darf sie das persönliche Engagement nicht ersetzen – obgleich gewisse Leute lieber die Hand aufhalten, als sie zu reichen.«

»Wollen Sie damit sagen, daß die Obdachlosen gar nicht aus ihrem Elend herauskommen wollen? Wir haben sie getroffen, und, ehrlich gesagt, sie schienen über ihr Leben in diesem Loch von Jonnelières nicht sonderlich glücklich zu sein. Überdies liegt unser Fall etwas anders: Diese Menschen haben es sich nicht ausgesucht, obdachlos zu sein – sie sind es geworden, weil sie hierhergebracht und dann ihrem Schicksal überlassen wurden, das sie in ihre jetzige Lage getrieben hat.«

»Das ruhmreiche Erbe einer Politik des Profitdenkens. Zum Glück haben die Wähler sie mit ihrer Stimme abgestraft.«

»Wir sind eigentlich nicht deswegen hier, Herr Bürgermeister.«

»Aber sagten Sie nicht, Sie wollten über die Obdachlosen sprechen?«

»Doch, aber weniger als die Obdachlosen hat uns vielmehr das Problem mit dem Supermarkt zu Ihnen geführt.«

»Ich glaube nicht, daß man Monsieur Lépice auch nur das geringste vorwerfen kann.«

»Das sagen wir ja nicht. Außerdem haben wir ihn getroffen. Wir würden gern wissen, wie Sie zum Thema Verfallsdatum des Verkaufs und Verfallsdatum des Verzehrs stehen.«

»Können Sie das genauer formulieren?«

»Sie wissen, daß es bei Lebensmitteln zwischen dem Verfallsdatum des Verkaufs und dem Verfallsdatum des Verzehrs eine Spanne von mehreren Tagen gibt.«

»Ja, zum Schutz …«

»… des Verbrauchers; das wissen wir. Sie wissen sicher, daß Monsieur Lépice kürzlich angewiesen wurde, den Obdachlosen den Zugang zu seinen Mülltonnen zu verwehren, wo sie sich Lebensmittel holten, die zwar nicht mehr verkauft, wohl aber noch verzehrt werden konnten.«

»Ich weiß Bescheid.«

»Nun, dazu hätten wir gern Ihre Meinung gehört.«

»Wozu?«

»Zu all diesen Mülltonnen voller Essen, aus denen sich die Obdachlosen nichts holen dürfen, obwohl sie am Verhungern sind.«

»Wie gesagt, Monsieur Lépice trifft keinerlei Schuld.«

»Das sehen wir ganz genauso, wir machen ihm auch keine Vorwürfe, denn das Sozialamt hat ihn gezwungen, seine Mülltonnen unter Verschluß zu halten.«

»Das ist nicht korrekt. Das Sozialamt meiner Gemeinde hat nie einen Unternehmer oder Privatmann gezwungen, seine Mülltonnen mit einer Kette zu sichern. Die einzige gesetzliche Pflicht in bezug auf Abfall besteht darin, die Tonnen mit einem Dekkel zu schließen, um so zu verhindern, daß sich der Inhalt auf eine öffentliche Straße verteilt. Monsieur Lépice hat allein aufgrund seiner eigenen Entscheidung gehandelt, die ich im übrigen nicht verurteilen kann.«

»Dennoch wurde ihm angedroht, er müsse die Kosten übernehmen, sollte es bei noch einem Obdachlosen zu einer Lebensmittelvergiftung kommen.«

»Das betrifft nicht die Kommunalverwaltung, sondern das Gesundheits- und Veterinäramt des Bezirks, das sich um Probleme der Lebensmittelsicherheit kümmert. Wir koordinieren zwar so gut es geht unsere Maßnahmen mit dem Bezirksamt, aber es ist nicht Aufgabe der Gemeinde, in Bereiche einzugreifen, die ausschließlich den staatlichen Behörden vorbehalten sind. Nun, meine Herren, ich danke Ihnen für den Besuch, doch ich muß unser Gespräch langsam beenden.«

»Was halten Sie ganz persönlich von dieser Geschichte, Herr Bürgermeister?«

»Ein Bürgermeister darf nicht aufgrund seiner persönlichen Meinung handeln, Monsieur. Er steht im Dienste der Gemeinschaft und muß an das Wohlergehen aller Bürger denken. Außerdem ist mein Einsatz für die Mittellosen meines Erachtens aussagekräftiger als meine persönliche Meinung. Wenn Sie mich nun entschuldigen wollen, ich habe einen Termin mit Myriam Vanderarden, der Leiterin des örtlichen Tierheims. Ich will wissen, wie sie das Problem der streunenden Hunde regelt, mit dem mir Ihre Kollegen seit Stunden auf die Nerven fallen.«

18

Den lieben langen Tag waren wir unterwegs: vom Rathaus zum Bezirksamt, vom Sozialamt zum Gesundheitsamt, von einem Büro zum nächsten Schalter, von einem Beamten zum nächsten Zuständigen, ohne auch nur eine verwertbare Information zu bekommen. Wir fanden lediglich heraus, daß sich die Leute keinen Deut um die Obdachlosen von Jonnelières scherten, daß Lépice mit seinen Mülltonnen machen konnte, was er wollte, und daß das einzige Interesse momentan nur den Hunden galt, die die Sicherheit der Bewohner von Arras bedrohten.

Diese Köter gingen selbst mir langsam auf den Zeiger, zumal sie immer noch auf der Rückbank des *American 2* lümmelten, und ich mußte zugeben, daß Casa recht hatte: Sie stanken bestialisch. Einen schlimmeren Geruch als von einem nassen Hund in einem Auto gibt es sicherlich nicht. Und dann war auch noch ein Exemplar dabei, das mit der Regelmäßigkeit eines Metronoms so grauenvolle Winde streuselte, daß wir trotz der arktischen Kälte alle

Fenster herunterkurbeln mußten. Zum Glück rauften die Hunde wenigstens nicht mehr miteinander.

»Das ist sicherlich der Große da, der furzt wie ein Weltmeister.«

»Wie kommst du denn darauf, Casa?«

»Der sieht doch aus, als könnten wir ihn mal. Ich sag dir, Großer, er ist der Schuldige.«

»Du kannst sehen, welcher Hund absichtlich furzt?«

»Ja. Man sagt zwar, die Affen seien die nächsten Verwandten des Menschen, aber ich bin da anderer Ansicht. Der nächste Verwandte des Menschen ist der Hund. Und wenn ich von Menschen rede, meine ich Männer. Frauen stammen nämlich nicht vom Hund ab, sondern von der Katze. Das erklärt sicherlich, warum wir uns so schlecht verstehen.«

»Ich verstehe mich mit Frauen nicht schlecht.«

»Weil du ledig bist, Junge. Nach zehn Jahren Ehe sprechen wir uns wieder.«

»Jaa … und warum sind wir Hunde und sie Katzen?«

»Der Hund ist ein männliches Tier, weil man ihn abrichten kann. Hast du schon mal eine Katze gesehen, die im Zirkus Kunststückchen vorführt? Ich nicht. Man kann Katzen nicht dressieren. Frauen auch nicht. Wenn du einen Hund rufst, kommt er sofort. Wenn du eine Katze rufst, und sie kommt, dann nur, weil sie gestreichelt werden will. Sie kommt niemals, weil du es willst, sondern weil sie es will. Na, mit Frauen ist es ähnlich. Sie machen nur dann, was man will, wenn sie ein Interesse daran haben. Und sie sind hinterlistig wie Katzen, weil sie einem das Gefühl geben, sie würden etwas für dich tun. Mit dem Streicheln ist es das gleiche. Man streichelt einen Hund, um ihn zu loben oder um ihm zu beweisen, daß man ihn mag, und er zeigt seine Freude. Wenn du eine Katze streichelst, weißt du nie, ob es zu deinem oder zu ihrem Vergnügen ist – wie bei den Frauen. Du kannst sie nicht streicheln, weil du es willst – sie erlauben es, weil es ihnen gefällt.«

»Du hast ja komische Ansichten über Frauen.«

»Vielleicht verallgemeinere ich ein bißchen, aber im Grunde habe ich recht. Wir sind wie Hunde, wir sind gern im Rudel, wir kämpfen miteinander, wir beschnüffeln uns gegenseitig den Hintern …«

»Ich schnüffle nicht am Hintern von Männern.«

»Du suchst die Scheiße, das ist das gleiche. Sieh dir einen Hund an, wenn er sitz macht: Er setzt sich einfach hin, fertig. Sieh dir eine Katze an – sie legt den Schwanz um ihre Beine, als wolle sie sich schützen. Männer und Hunde sind instinktgeleitete Tiere, Katzen hingegen posieren.«

»Aber ich weiß immer noch nicht, woher du wissen willst, daß der große Hund furzt.«

»Er ist wie ein Mann. Wenn er in der Öffentlichkeit furzt, lacht er.«

»Er lacht!?«

»Sieh ihn dir an, dann merkst du, daß ich die Wahrheit sage.«

Ich betrachtete den Hund und sah ganz hinten in seinen Augen, daß er lächelte. Wie ein spielendes Kind, das sich insgeheim freut. Dieser Hund lachte!

»Gut, wie auch immer, Zeit zum Essenfassen.«

»A propos – wer kümmert sich um das Hundefutter?«

»Ach, das ist dein Problem, Großer.«

»Wieso meins?«

»Es war deine Idee. Deine gottsallmächtige Scheißidee!«

»Wir können zusammen gehen.«

»Nein, ich genehmige mir einen Aperitif, während du erst mal Futter kaufst.«

»Also gut. Denk dran, daß wir nachher die Obdachlosen treffen, wir haben ihnen eine warme Mahlzeit versprochen.«

»Ach ja, stimmt. Was für ein Scheißjob ...«

So ging ich mit den vier Hunden an der Leine durch Arras, auf der Suche nach einem Laden, wo ich Dosen oder Trockenfutter bekäme. Und traf das Fräulein wieder.

Sie war immer noch genauso schön. Und da zogen die Hunde an den Leinen, und ich machte einen lächerlichen Satz. Ich freute mich, sie zu sehen, gleichzeitig wurmte es mich, daß sie mich mit diesen Kötern sah – der Beweis für meine … Scheißidee will ich nicht sagen, um Casa nicht zu zitieren, aber weit davon entfernt war es nicht.

»Guten Tag.«

»Hallo.«

»Was sind denn das für Hunde? Willst du eine Zucht aufmachen? Oder willst du es so machen wie in der Zeitung?«

»Was meinst du?«

»Sag bloß, du hast den Artikel von diesem Hohlkopf nicht gelesen! Seine Geschichte über die hungernden Hunde.«

»Ja, ja. Ich weiß nicht, woher er das hat.«

»Ich weiß es. Er hat es mir gesagt.«

»Äh … Und?«

»Was ›und‹? Das brauchst du nicht zu sagen. Der einzige Mensch, der hier mit vollem Recht ›und?‹ sagen darf, bin ich. Also, ich frage dich: Was hat es mit dieser Hundegeschichte auf sich?«

»Hör zu, es ist nicht so, wie du denkst …«

»Das trifft sich gut, ich denke nämlich gar nichts.«

»Also, wenn du schon so anfängst … Es ist, es war … Nun, mein Chefredakteur wollte, daß wir früher zurückfahren … und ich … ich wollte eben nicht. Und weil er Tiere liebt, habe ich gesagt, daß hier Hunde im Spiel seien. Verstehst du? Wegen der Hunde war ich sicher, daß ich länger bleiben könnte. Und es hat ja auch geklappt, wir sind hier. Du siehst, es ist alles ganz harmlos.«

»Ich verstehe gar nichts.«

Ich sah sie eine Weile schweigend an. Ich fand sie wundervoll, auch wenn sie mich mit einer gewissen Strenge betrachtete. Je länger ich sie ansah, desto idiotischer kamen mir meine geschraubten Erklärungen vor. Sie stand hier vor mir, und ich wollte sie fragen, ob sie Lust hätte, mit mir zusammenzusein, doch alles, was ich herausbrachte, war diese erbärmliche Hundegeschichte. Also … also ließ ich alle Vorsicht fahren.

»Ich hatte Lust, dich zu sehen. Deshalb …«

»Mich zu sehen?«

»Ja, dich zu sehen, wiederzusehen, jeden Morgen und jeden Tag wiederzusehen. Lust, mit dir zu sprechen und dich kennenzulernen, ich wollte dir gefallen. Ich will deine Stimme und dein Lachen hören, will, daß du mit mir sprichst, will dein Gesicht sehen und deine blonden Haare über deinen Katzenaugen. Will meinen Blick über Licht und Schatten deiner Schultern wandern lassen, will mir die Wärme an meinen Handflächen vorstellen, wenn meine Hände über deinen Hintern gleiten. Will deine weiche Haut am Rücken spüren, an deinem Hals riechen. Wenn ich dich sehe, kribbelt alles in mir, und ich finde das toll. Und wenn ich an dich denke, empfinde ich hier drin eine große Leere, weil du nicht bei mir bist. Also habe ich mir diese Geschichte mit den Hunden ausgedacht, damit ich ein bißchen länger bleiben kann, damit ich nicht abreisen muß, bevor ich dich kennengelernt habe … Ich habe diese Hunde erfunden, und wenn ich morgen Wale erfinden müßte, Marsmenschen oder sonst was, würde ich es tun, denn heute zählt für mich nur, daß ich dich sehen kann, immer und immer wiedersehen kann.«

Sie wirkte unbewegt, doch ich sah genau, daß die Wut aus ihrem Blick verschwunden war. Da war nur noch Verwunderung und vielleicht, zumindest hoffte ich es, ein bißchen Freude und Vergnügen. Ich war mir über den pathetischen Klang meiner Erklärung sehr wohl im klaren, doch die Worte waren ganz einfach und ganz spontan gesprudelt, ohne daß ich Zeit gehabt hätte, sie mir zu überlegen. Es kam in einem Satz heraus wie etwas, das zu lange gefangengehalten wurde und nun herausbricht, gesteigert noch durch die phänomenale Kraft des schüchternen Menschen, der sich endlich traut.

Sie trat zwei-, dreimal hintereinander von einem Fuß auf den anderen.

Dann sagte sie: »Idiot.«

Sie kam auf mich zu und nahm mich in die Arme. Ihr Duft, ihre Wärme, ihr geschmeidiger Körper an meinem Körper. Meine Arme umschlangen sie, mein Gesicht in ihrem Haar.

Und dann fingen diese saublöden Köter an, übereinander herzufallen, und rissen mich aus ihrer Umarmung.

19

»War das alles, was sie gesagt hat? Hat sie dich denn nicht fertiggemacht?«

»Natürlich nicht. Sie hat nur gesagt, sie sei ab halb elf im *Super Massamba* und würde auf mich warten.«

»Also wirklich! Da versteh einer die Frauen. Und du schwörst, daß sie dich nicht zur Schnecke gemacht hat?«

»Mein Wort, Casa, du hast mein Wort. Sie hat nur gesagt: ›Idiot.‹«

»Na, immerhin!«

»Ich glaube nicht, daß sie es wegen der Hunde gesagt hat.«

»Klar doch. Und warum bitte schön sollte sie dich sonst Idiot nennen?«

»Ich weiß nicht … oder doch: Ich glaube, sie hat mich einen Idioten genannt, weil sie es idiotisch fand, daß ich meinte, mir eine so blöde Sache ans Bein binden zu müssen, um sie zu verführen. Ich bin ein Idiot, weil ich es nicht gleich begriffen habe.«

»Weil du ihr von Anfang an gefallen hast.«

»So habe ich es jedenfalls verstanden.«

»Ich bin anscheinend eindeutig hinterm Mond. Hättest du zu meiner Zeit so einen Bock geschossen, hätte dir das die Sache bis in alle Ewigkeiten versaut.«

Ich mochte es, wenn Gevatter Casa von seinen Zeiten erzählte, das gab ihm so einen großväterlichen Touch, der mich beruhigte. Als würde ihm die Tatsache, eine andere Zeit erlebt zu haben, die Fähigkeit verleihen, sich niemals wegen der Zukunft sorgen zu müssen.

Wir hatten uns mit den Obdachlosen im *La Pergola* verabredet, wo man Fritten »all you can eat« bekam. Es war kein Edelrestaurant, doch es war praktisch, weil es gleich neben dem Supermarkt lag. Und so mußten wir die Jungs nicht von Jonnelières in die Stadt transportieren; das wäre zu kompliziert gewesen. Doch irgendwie hätte es mich amüsiert, Casas Gesicht zu sehen, wenn die Typen und die Köter alle auf seiner Rückbank gesessen hätten, und ich konnte mir auch problemlos ausmalen, was er dabei gedacht hätte.

Sie waren da, im Dunkeln, die ganze Truppe, aneinandergedrängt. Von weitem sahen sie aus wie ein Packen Schmutzwäsche.

Erst fiel mir nichts auf. Doch Casa mit seinem Fotografenblick machte mich darauf aufmerksam.

»Hast du gesehen? Sie haben sich gewaschen.«

Es stimmte; diese Geste hat mich berührt. Ich will nicht sagen, daß ich gerührt war, aber fast. Ich weiß nicht, warum, aber ich mußte an Lili denken, den kleinen Schäferhund von Pagnol, der sich nie vor die Kamera traute, denn »er wußte nicht, wie es geht, weil man ihn noch nie aufgenommen hatte«. Diese Geste hatte für mich etwas Naives, Ursprüngliches, Einfaches, was nichts mit den Werten zu tun hat, die einem eingetrichtert werden, sondern was natürlich aus ihnen selbst kam. Trotz der Kälte, trotz ihres Zustands, obwohl sie für die Gesellschaft nichts mehr galten, hatten sie sich die Zeit genommen, »Toilette zu machen«, weil wir sie eingeladen hatten und fotografieren wollten. Manch einer mag das lächerlich finden – lächerlich von ihnen, es zu tun, und lächerlich von mir, daß ich es wahrnahm. Doch für mich war es ein Beweis ihrer großen Menschlichkeit.

Die Bedienungen im *La Pergola* zogen ein Gesicht, als sie uns kommen sahen. Diese verlauste Bande und die Hundemeute gefielen ihnen gar nicht als Gäste. Doch wir waren zu viele, als daß sie uns hinauswerfen konnten. Jedenfalls deckten sie uns einen Tisch in der Ecke, weitab vom Eingang.

Am Anfang war die Atmosphäre nicht wirklich herzlich. Keiner sagte etwas. Die Obdachlosen sahen uns mit einer Mischung aus Haß und Verlegenheit an – als wären sie uns böse, weil wir sie in dieses Lokal geschleppt hatten. In gewisser Weise warfen sie uns vor, daß wir ihren Hunger gegen sie ausspielten, um sie hierherzuzwingen und sie auszunutzen. Neben mir saß Cédric, ich fing mit ihm ein Gespräch über dieses und jenes an.

»Weißt du, sie wollten nicht kommen … Aber ich habe ihnen gesagt, sie wären wirklich blöd, wenn sie sich dieses unverhoffte Gratismahl entgehen lassen würden – zumal sie sich nach dem Essen immer noch verkrümeln können.«

»Was? Das geht aber nicht, sie müssen schon bleiben.«

»Keine Sorge, Alter, jetzt, wo sie schon mal hier sind …«

»Hast du ihnen gesagt, daß wir ihnen mit den Fotos helfen können?«

»Glaubst du das wirklich?«

»Natürlich.«

»Aha …«

»Was ›aha‹? Du glaubst das etwa nicht?«

»Weißt du, auf der Straße habe ich eins gelernt: Man bekommt nichts umsonst. Ich glaube nicht, daß du uns unsretwegen fotografierst, nicht mal für deine Zeitung, sondern nur für dich selbst, für dein Geld. Das ist alles.«

»Das ist eine ziemlich zynische Sicht der Dinge.«

»Am Arsch! Wärst du wirklich hier, wenn man dich nicht dafür bezahlen würde? Natürlich nicht! Weil es eine Mutter Teresa gibt, teilen noch lange nicht alle Menschen das Gefühl der Nächstenliebe. Ich bin vielleicht nur ein Penner, aber ich bin nicht blöd. Wenn du in den Augen der Gesellschaft nicht existierst, hast du nämlich alle Zeit der Welt, sie dir ganz genau anzusehen.«

»Okay, okay, es ist mein Job. Ist doch normal, daß ich mir meine Brötchen verdiene, oder? Aber das ändert nichts daran, daß euch diese Fotos auch nützen können.«

»Ach ja? Und wozu dann Hunde? Sind wir nicht vorzeigbar genug?«

»Nein, es ist nur … Ach, Scheiße. Mit den Hunden habe ich ein Mädchen angemacht.«

»Du machst Mädchen mit Hunden an?«

»Laß gut sein, es ist ein bißchen kompliziert. Nur so viel: Mit euch hat das wirklich nichts zu tun.«

»Wenn du meinst, Alter.«

Dann kam der Wein, und sie tauten ein wenig auf. Wir hatten das Menü mit Vorspeise, Hauptgericht und Nachtisch bestellt. Und offenen Wein.

»Richtige kleine Krügchen!«

»Ach Gott, ist das schön, soviel zu essen, wie man will!«

»Der hat Kohle, viel Kohle. Der macht 'ne Menge, der Journalist!«

Eine Weile lang kam kein Gespräch zustande. Jeder sonderte nur seine Bemerkungen und Kommentare ab. Dann fing ich an, Fragen zu stellen – das war schließlich mein Beruf.

»Sagt mal, warum bleibt ihr eigentlich in Jonnelières, wo das Sozialamt doch Betten in seinen Wohnheimen zur Verfügung stellt.«

»Ha, der Schreiberling will wissen, warum wir nicht bei den Schlafhändlern schlafen.«

»Wozu sollte das auch gut sein?«

»Warum nennt ihr sie ›Schlafhändler‹? Man muß doch nichts dafür bezahlen?«

»In gewisser Weise doch. Wie ich dir vorhin gesagt habe: Auf der Straße bekommt man nichts umsonst.«

»Gut, man bekommt nichts umsonst. Aber man verlangt dort kein Geld von euch.«

»Stimmt. Man verlangt nur, daß wir bis fünf Uhr von der Straße weg sind.«

»Wie das?«

»Wenn du bei den Blauen schlafen willst …«

»Die Blauen?«

»So nennen wir die Typen vom Sozialamt, weil sie blaue Uniformen tragen.«

»Ach so.«

»Also, wenn du in einem schönen Bett schlafen

willst, mit Heizung und Dusche und heißer Suppe, dann mußt du vor fünf Uhr abends antanzen. Danach ist die Tür zu. Und am Morgen schmeißen sie dich um sechs wieder raus. Bei den Blauen darf man nicht ausschlafen.«

»Was hat das damit zu tun, daß ihr von der Straße weg sein sollt?«

»Früh am Morgen und tagsüber stören wir auf der Straße nicht allzusehr. Die Leute sind bei der Arbeit oder zu Hause, und wenn wir draußen rumhängen, stört das kaum einen. Doch nach siebzehn Uhr ist das etwas anderes. Die Leute gehen einkaufen, gehen einen trinken, essen, ins Kino, sie spazieren eben herum. Und dann können sie uns nicht mehr aus dem Weg gehen. Also zwingt man uns, spätestens um fünf Uhr ins Heim zu gehen. So säubern sie die Straßen. Verstehst du?«

»Ja. Aber dort habt ihr es wenigstens warm.«

»Das ist uns egal, Alter. An Wärme fehlt es uns nicht.«

»Du hast recht, Cédric, jeder braucht Kohle. Kohle, um zu bekommen, was man will. Klaro?«

»Ja. Und wie sollen wir uns etwas erbetteln? Tagsüber? Um sechs Uhr früh?«

»Nicht wirklich …«

»Bingo. Ein Typ, der mit einer Tasche voller Essen aus dem Metzgerladen kommt, hat so ein schlechtes Gewissen, daß er uns immer einen Groschen gibt. Auch der Mann, der ein Lokal verläßt. Am besten sind jedoch die Bars, denn die Burschen haben dort oft einen in der Krone und zeigen sich großzügig.«

»Also, Scheiße, die Blauen kannst du in der Pfeife rauchen. Auch wir müssen unsere Kohle verdienen.«

»Du sagst es.«

»Die Nächstenliebe der Gemeinde kommt uns nämlich teuer zu stehen.«

»Das ist ja eine Sauerei.«

»Ach nee, so ist das eben, Alter. Dir ist es doch auch lieber, wenn keiner dahockt und die Hand aufhält, wenn du aus der Kneipe kommst.«

»Nein, überhaupt nicht.«

»Komm, schleim nicht rum. Wir sind nicht blind.«

Der Wein und das Essen lösten die Zungen. Jeder hatte was beizutragen. Am Anfang waren ihnen meine Fragen lästig gewesen, nun aber rissen sie sich darum, mir ein besonders grausames Ereignis aus ihrem Leben zu erzählen. Es war zwar noch kein allgemeines Durcheinandergebrüll, aber nicht weit davon entfernt. Die Bedienungen drehten ihre Runden immer öfter in der Nähe unseres Tisches. Sie machten sich bereit, sich bei der kleinsten Dummheit auf uns zu stürzen, wie tropische Stechmücken auf die milchige, feine Haut einer Touristin. Zumal die Hunde, die auch mitfeiern wollten, bei jedem lauten Wort, bei jedem schallenden Lachen aufjaulten. Sie schnürten um den Tisch herum und schoben auf der Suche nach Essensresten ihre Nasen zwischen die Teller.

Insgesamt herrscht nun eine angenehme Atmosphäre. Niemand beugt sich mehr mit gewölbten Schultern über seinen Teller, um ihn vor den anderen zu schützen. Nein, dieser Futterneid ist jetzt vorbei. Sie lehnen sich zurück, den prallen Bauch entspannt. Es ist noch nicht der Zeitpunkt für Vertraulichkeiten, aber durchaus schon für Prahlereien. Ich sehe genau, daß Casa am anderen Ende des Tisches sein Limit überschritten hat. Er ist rot wie Klatschmohn. Die Haare stehen ihm zu Berge, sein Bart ist zerzaust. Vor ihm steht ein Friedhof von Weinkrügen. Er schwadroniert, und alle lachen sich schief. Die große Einmütigkeit der Trinker.

»Nicht weit von hier gab es vor zehn, fünfzehn Jahren eine Kneipe. Der Wirt hatte es dermaßen satt, immer die Männer stützen zu müssen, die sich vor lauter Genever nicht mehr auf den Beinen halten konnten, daß er sich einen Trick einfallen ließ, wie die Typen nicht mehr auf die Schnauze fielen. Über die ganze Länge der Theke befestigte er auf Hüfthöhe eine Stange. Man kam und band sich dort mit dem Gürtel fest. Klick – wie eine Seilschaft von Frison-Roche! Die Seilgefährten am Tresen. So konnte man trinken, solange man durstig war, ohne umzufallen. Du warst für das Gelage deines Lebens gewappnet. Wenn die Haxen dich nicht mehr trugen, übernahm der Gürtel. Ich sage euch nicht, wieviel die Jungs mit diesem System trinken konnten. Der Wirt hat sich mit seiner Stange eine goldene Nase verdient. Ich habe sogar erlebt, daß er den Laden geschlossen hat, während die Leute noch dort hingen. Er konnte sie gefahrlos die ganze Nacht ihren Rausch ausschlafen lassen.«

»So etwas Ähnliches habe ich auch schon gesehen, Kumpel. Man nannte es das Hotel zum Seil. Es war in Lille. Da hat irgend so ein verdammter Schlafhändler einem ein Bett oder ein Seil verkauft.«

Einige nickten. Offensichtlich erinnerten sie sich auch daran.

»Wenn man kein Geld für die ganze Nacht hatte und sich dennoch im Warmen ausruhen wollte, dann ging man zu ihm. Er hatte ein Zimmer, wo lauter Seile von der Decke hingen, und dort poften die Männer eine Weile. Man konnte wählen – eine Stunde, zwei Stunden. Wenn die Zeit um war, löste dieser räudige Hund das Seil, ohne einen vorzuwarnen, und – patsch, lag man auf der Schnauze. Ein schönes Erwachen!«

»Mies von Bruno. Jetzt tot.«

»Stimmt, Vladi. Hat ein Messer in den Bauch gekriegt, das Schwein. Die ganze Nacht hat er nach seiner Mutter geschrien, aber keiner hat einen Finger krumm gemacht.«

»Siehst du, Alter, wenn man arm ist – wirklich arm, meine ich –, dann klebt dir das Elend selbst noch im Schlaf an der Backe. Und wenn es nicht die Schlafhändler und das Sozialamt sind, dann sind es die Bullen und ihre Pappkarton-Aktionen.«

»Ihre Pappkarton-Aktionen? Was soll denn das schon wieder?«

»Hast du schon mal auf dem Boden geschlafen?«

»Hm … na ja … als Kind vielleicht, beim Camping. Aber nie richtig.«

»Leg dich mal draußen auf den Gehsteig, dann weißt du, wie es ist, und verstehst, was ich meine. Der Asphalt ist sehr kalt. Er speichert die Kälte und leitet sie – und er ist feucht. Um zu schlafen oder sich auch nur hinzusetzen, braucht man Pappdeckel, um sich nicht die Eier abzufrieren.«

»Und zum Zudecken.«

»Genau, Alter. Ein Karton hält warm, er isoliert. Nicht nur vor der Kälte übrigens. Mit einem Karton um sich herum hat man ein bißchen das Gefühl, man sei zum Schlafen zu Hause. Und wenn die Bullen nun meinen, wir seien schon zu lange auf der Straße, klauen sie uns einfach die Kartons. Und dann können wir nicht mehr schlafen und uns auch nicht mehr ausruhen. Also verziehen wir uns notgedrungen. Tolle Methode, was?«

»Ja, echt … und du, Cédric, wie kam's denn, daß du in Kartons schlafen mußtest?«

»Ach, ist doch egal. Was zählt, ist, wie ich nun an richtige Federn komme.«

»Hast recht. Es ist immer besser, optimistisch in die Zukunft zu blicken, als die Vergangenheit wiederzukäuen.«

Wir plauderten weiter über ihr Leben und tranken noch ein paar Schoppen, um uns bei Laune zu halten. Die Schoppen gingen weg wie nichts. Wir hatten mittlerweile ganz schön getankt und waren eine aufgekratzte rotbackige Rasselbande. Ich sah, wie die Gesichter langsam lila und die Stimmung immer besser wurde. Eine seltsame Mischung aus Gelächter und Wut, je nach Mentalität. Ich beschloß, von nun an Wasser zu trinken, damit wenigstens einer noch klaren Kopf behielt.

Und dann fand ich auch, daß ich bei meinem Rendezvous mit dem Fräulein gut daran täte, im Vollbesitz meiner Kräfte zu sein. Die Euphorie, die der Wein verleiht, erlaubte einem unter Umständen zwar, seine Schüchternheit zu überwinden, doch sie tötet auch die Libido. Das einzige Getränk, das man sich in so einem Moment gestatten kann, ist Whisky; er weitet die Gefäße, sagt man, und das kann manchmal hilfreich sein. Das heißt … wenn man daran gewöhnt ist.

Doch nicht, daß wir uns mißverstehen: Ich wollte zwar einen klaren Kopf bewahren und körperlich gut drauf sein, aber ich war mir nicht sicher, wie mein Abend mit dem Fräulein ausgehen würde. Ich war nur vorausschauend. Eigentlich liebte ich die Lust zu sehr, um nicht auch das Warten und die Unsicherheit des ersten Treffens zu schätzen. Diese Momente, wenn man die Schöne und den Tanz auswählt, aber das Tempo nicht bestimmen darf. Ich liebe das Spiel der Verführung; sich der Entscheidung des Partners zu überlassen, ist der einzige Weg zum Erfolg. Aber trotzdem gefällt mir der Gedanke nicht, daß der Mann vorschlägt und die Frau verfügt. Nichts falscher als das.

20

Es fiel ein leichter, kalter Winterregen, dessen Tropfen so fein und so dicht sind, daß man den Eindruck hat, von Feuchtigkeit umhüllt zu sein. Der Asphalt glänzte hier und da unter den Straßenlaternen, und die Kälte verwandelte unseren Atem in weißen Nebel, der sich in der Nacht verlor.

Casa führte den Marsch an, während ich mit den Hunden an der Leine die Nachhut bildete wie ein Schäfer beim Almauftrieb. Ich darf erwähnen, daß meine Herde keineswegs geradeaus lief. Die Reihen fransten wild aus, ich mußte die Torkelnden immer wieder einfangen und gleichzeitig die Hunde weiterzerren, die vor Liebe zu den Lampenmasten des Parkplatzes ganz aus dem Häuschen waren.

Der Müllcontainer war noch da. Er stand links vom Supermarkt, knapp einen Meter vom Lieferanteneingang entfernt. Fünf Polizeiabsperrungen blokkierten den Zugang. Casa wollte erst alles inszenieren, die Männer sollten sich hier und da postieren, sie sollten die Hunde so und so halten und die Absperrung so und so stürmen … Er dachte, er hätte eine sehr klare Vorstellung von dem, was er wollte. Doch bei dem Gelalle und Gewackel konnten seine Anweisungen durchaus widersprüchlich verstanden werden. Zumal der Zustand der Burschen keinen Deut besser war und die Kälte und der Regen sie eher dazu trieb, sich zu verdrücken, als Models zu spielen.

Der Kerl, der immer von Kohle sprach, protestierte. Er wetterte gegen die Fotos, gegen Casa, die Journalisten, die Kälte und dieses ganze gottverdammte Scheißleben, das einen immer im Regen stehenließ.

»Wenn ihr keine Kröten rausrückt, verschwinde ich! Hört ihr? Ich haue ab.«

»Nix abhauen. Du bleiben. Wir versprechen Foto.«

»Du kannst mich mal, Vladi! Ich habe überhaupt nichts versprochen. Ich bin ein freier Mann, verdammt! Ich habe keine Kohle, aber ich bin frei. Capito?«

»He, Männer, hört mal kurz mit dem Theater auf. Je länger ihr labert, desto mehr Zeit verlieren wir.«

»He, Schmierfink, halt die Klappe.«

»Du nix fluchen.«

»Laß mich in Frieden, du Arschloch. Geh doch in dein Land zurück.«

Bei dieser Beleidigung wollte Vladi den Aufsässigen schon packen, doch Cédric ging dazwischen.

»Jetzt macht mal halblang. Was hast du denn gegen die Fotos? Wir sind doch jetzt sowieso hier, also können wir das auch kurz durchziehen.«

»Dann sollen sie erst mal mit der Kohle rausrücken.«

Aus dem Augenwinkel sah ich, daß Casa heimlich Fotos schoß. Mit der Dunkelheit, dem Regen und den Typen, die sich vor den Mülltonnen kabbelten, hatten wir Material. Um das Bild zu vervollständigen und Rochembault zufriedenzustellen, drückte ich einem Kerl die Hunde in die Hand, ohne ihn nach seiner Meinung zu fragen.

Die anderen hatten sich um das Trio geschart, das sich anschrie, und brüllten ihrerseits. Es ging drunter und drüber. Die einen pro, die anderen contra. Flüche, Gezeter, Geschubse.

»In meinem Land keine Armen.«

»Klar, du Blödhammel! Nur in einem reichen Land kann es Arme geben. Dein Kaff ist ein Dreckloch, ihr seid ein Land voller Penner.«

»Du kannst mich mal! Du nix mehr schlafen in Jonnelières.«

»Ja, ja, du Arsch. Wenn du denkst, das sei dein Zuhause, dann bist du fast genauso bescheuert wie all die anderen.«

»He, beruhigt euch. Ihr werdet euch doch nicht grundlos vermöbeln!«

»Du hältst dich raus, Kleiner! Das ist eine Sache unter Männern.«

Ich zögerte einzugreifen. Aus zwei Gründen. Zum einen wollte ich mir keine einfangen, zum anderen war mir klar, daß der Grund nicht das Fotoshooting und auch nicht die Mischung aus Regen und Alkohol war, nein, diese Wut ging sehr viel tiefer. Ihr ganzes Leben war der Grund, ihr Leben und ihr Elend, in dem sie hausten. Sie wußten, daß sie ohne einander nicht leben konnten, und dieses Zusammengepferchtsein führte ihnen ständig ihr Scheitern vor Augen. Wenn man ganz unten auf der Leiter steht, gibt es keine noch Ärmeren, an denen man seine Wut auslassen kann …

Das Geschrei regte nun die Hunde auf; sie fingen an zu bellen. Es wurde immer chaotischer. Schon wankte ein Typ auf einer Absperrung und verursachte ein metallisches Knirschen, das einem die Haare zu Berge stehen ließ.

In diesem Moment kamen zwei Wachleute aus dem Lieferanteneingang. Sie hatten Knüppel in der Hand.

»Was ist denn das für ein Krach?«

»Wir sind von der Presse …«

»Ach ja? Und das gibt Ihnen das Recht, hier mitten in der Nacht auf die Kacke zu hauen?«

»Ich werde Ihnen …«

»Du kannst mich mal, Arschgesicht!«

»Geh in deinen Käfig zurück, du billiger Bulle!«

»Uah!«

Die beiden Flics schätzten diese Beschimpfungen ganz und gar nicht und machten sich daran, heftige Schläge auf Arme und Rücken, in den Bauch und ins Gesicht zu verteilen. Wusch! Wusch! Wusch! Ohne Ansehen der Person. Jeder bekam sein Fett ab. Das war offenbar ihre Devise, denn auch ich bekam eine geschossen, daß mir die Braue aufplatzte. In nicht einmal einer Minute hatte sich unsere kleine Truppe versprengt, war aufgeflattert wie eine Schar Spatzen, wenn man mit der Flinte knallt. Als Casa und ich zum Wagen rannten, sah ich von weitem, wie die Jungs in alle Himmelsrichtungen liefen und die Hunde die unverhoffte Gelegenheit nutzten, sich aus dem Staub zu machen; die Leine hing an ihrem Hals, doch niemand hielt sie mehr.

21

Wäre mein Gesicht nicht voller Blut gewesen, wäre ich sicherlich nicht in ihrem Badezimmer gelandet. Sicherlich …

Doch ich war hier, ich saß auf dem Wannenrand, ihr Gesicht über mein Gesicht gebeugt, mit einer Hand hielt sie mir die Stirn, mit der anderen betupfte sie meine aufgeplatzte Augenbraue mit Alkohol. Ich war hier und spürte ihre zarte Hand auf meinem Gesicht, ihre sanften Bewegungen an meiner Wunde.

Das Bad war blaßblau, an den Wänden hingen Fotos von Sonne und Meer in Holzrahmen. Fotos von ihrer Familie und ihr selbst, wie sie strahlend lächelte. Auf Glaskonsolen stand ein Haufen Fläschchen und Flakons, um sich noch hübscher zu machen. Wattebäusche, schwarz von Wimperntusche, Q-Tips für die Augenwinkel, Bürsten und Haarspangen – eine kleine Weiberwirtschaft. Wie eine ausgeleerte Handtasche.

Sie kriegte Schluckauf, als ich in die Bar kam und sie mich so blutüberströmt sah. Dann faßte sie sich wieder und nahm mich mit, um mich zu versorgen. Sie kenne sich mit solchen harmlosen Wunden aus, sagte sie. Steinchen, die ihr vom Meißel ins Gesicht sprangen und blutige Schrammen hinterließen, manchmal sogar schlimmer. Ganze Quader fielen ihr auf die Finger oder auf die Füße. Ihr Arzneischrank glich übrigens eher einer Flickschusterei.

Ich mochte ihre konzentrierte Stirn mit den kleinen Falten, die sich an der Nasenwurzel trafen, und ihre vor akribischer Sorgfalt zusammengepreßten Lippen. Ich konnte sie betrachten, ohne fürchten zu müssen, daß sie es bemerkte.

Sie klebte mir zwei kleine Klemmpflaster aufs Stirnbein und wich zurück, um ihr Werk zu begutachten.

»Na ja. Geht so. Jetzt erzähl mal, was passiert ist.«

Ich erzählte ihr von dem Abendessen, dem Wein, dem Fotoshooting und den beiden Zerberussen.

»Schlimm, wie man so ungeschickt sein kann. Also wirklich. Ist das immer so bei deinen Reportagen?«

»Nein, es ist eine Premiere, jedenfalls fast.«

»Fast?«

»Ja. Beim Fall Grégory mußten wir uns vom Großonkel den geliehenen Wagen durchsieben lassen, weil er keine Journalisten mehr sehen konnte.«

»Wie ›durchsieben‹?«

»Sein Haus lag am Ende eines kleinen Feldwegs. Als er das Auto kommen sah, hat er das Fenster aufgemacht und mit dem Jagdgewehr auf uns geschossen.«

»Charmant.«

Was ich ihr nicht sagte: Um ein bißchen Spaß zu haben, erzählten wir nach unserer Rückkehr Lavergne, einem Typen, den wir ziemlich blöd fanden, daß der Großonkel eine sprudelnde Informationsquelle sei. Er hat uns schwer rundgemacht, als er mit seinem durchlöcherten Auto zurückkam.

»Berufsrisiko.«

»Komischer Beruf, muß schon sagen … Und die Hunde? Was willst du jetzt mit den Hunden machen?«

»Das weiß ich noch nicht. Aber das ist ein richtiges Problem.«

»Und was ist mit deinem Alter ego? Dem Cartier-Bresson der Skandalpresse?«

»Casa? Ach, dem geht's gut. Er hat nichts abgekriegt. Er hat mich abgesetzt und ist ins Hotel gefahren, um sich aufs Ohr zu hauen.«

Sie sah mich an, dann lächelte sie ganz leise und verhalten.

»Ich kann's nicht fassen … nein, ich faß es nicht.«

»Was denn?«

»Hubert & Muzo, die schrecklichen Zwei. Mensch, was habe ich nur verbrochen, daß mir das passiert?«

Ich führte leicht die Hand an ihr Gesicht.

»Fräulein.«

Ich legte meine warme Hand auf ihre glatte Wange.

»Fräulein.«

Ich umfaßte ihren Hals und zog ihr Gesicht heran, ich küßte sie ganz zärtlich auf den Mund. Als würde ich mit einem Vögelchen schnäbeln.

»Fräulein.«

Die Buchstaben ihres Vornamens sprangen von meinen Lippen in ihren Mund, aus ihrem Atem in den meinen. Ich küßte sie. Die andere Hand in ihrem blonden Haar.

»Fräulein.«

Ihre Lippen auf meinen Lippen und ihr Körper an meinem Körper.

Die Hand ganz leicht aufgelegt. Ein Hauch von Atem ausgetauscht. Unsere Gesichter aneinander. Alles war nur noch Wärme. Jede Berührung war eine Entdeckung, ein Schritt ins Unendliche. Die Lust und gleichzeitig das Zurückhalten vereint in meinen Armen um ihren Körper. Die Hände vom

Fräulein in meinem Nacken. Der Strudel in meinem Bauch, der Kopf glasklar und wie reingewaschen von allem, was nicht mein Verlangen nach ihr war. Ich hielt das Fräulein in meinen Armen, und mein Mund trank ihren Mund.

Ich spüre ihre Brüste unter dem schwarzen Rollkragenpulli, meine Hände schlüpfen darunter. Ihre warme Haut, glatt und weich. Ich bin nur noch Gefühl und Verlangen, brennendes Glied.

Wir stolpern ins Schlafzimmer und fallen aufs Bett. Das Fräulein liegt auf dem Rücken, ich bin oben. Sie ist in der Wolke meiner Lust. Ich fühle mich wie ein König. Ein Gott. Halleluja. Der einzige Mann auf der Welt. Ich herrsche, aber nur sie macht mich zum Mann. Meine Hände streicheln ihre Brüste. Helle Brüste mit Sommersprossen … Brüste, die anschwellen und sich mit dem Keuchen unserer Körper heben. Die Hände vom Fräulein auf meinem Rücken, sie ziehen mir das Hemd aus. Meine Zunge leckt über ihre Sommersprossen, meine Lippen gleiten über ihren runden Bauch, meine zerzausten Haare unter ihren Fingern, die mich packen. Nach und nach springen Knöpfe auf, Kleider fallen und liegen verstreut auf dem Boden. Ich aber sehe nur noch das Dreieck aus weißer Baumwolle, und jener gewölbte Schatten, der sich im Schoß ihrer geschlossenen Beine erhebt, und schon gleitet mein Mund über diesen Samt. Der warme, weiche Geruch ihres Bauchs steigt auf und umhüllt mich. Es ist wie ein leises Brennen an meinen Lippen, als sich ihre Beine unter meinen Küssen öffnen. So weich, so zart die Haut ihrer Schenkel. So fein. Sie zieht mein Gesicht an ihren Mund, meine Hand legt sich auf ihre pulsierende Mitte. Ihre Lippen auf meinen Lippen werden immer drängender, immer gieriger.

Die Nägel vom Fräulein martern meinen Rükken – eine Katze, die liebkost wird –, und ich werde noch steifer. Ich spüre ihren ganzen Körper an meinem Körper. Noch bin ich in dem letzten bißchen Keuschheit gefangen. Die Finger vom Fräulein tanzen auf meiner Brust, streichen über meinen Bauch und nehmen mich in eine Umklammerung, die mich vollständig aufsaugt. Mit dieser Berührung durchfährt mich ihr Körper wie ein elektrischer Schlag. Ich bin in ihrer zärtlichen Hand, ich kann nicht mehr denken, mich nicht mehr bewegen. Ich bin in Fräuleins Hand. Ich würde gerne noch größer, noch härter werden. Würde gern nur noch ein erigiertes Glied sein, um nichts als ihre Lust zu erleben und die Lust, die sie mir macht. Mein Fräulein …

Da ist sie, liegt ganz ausgestreckt unter mir, und ihre Hand gleitet über ihren Bauch und führt mich. Wir schauen uns in die Augen und belauern uns gegenseitig … Rosa Berge teilen sich. In der Hitze ihres Schoßes löse ich mich auf. Meine Hüften berühren ihre Hüften, das Fräulein schließt die

Augen. Ich sauge mit dem Mund ihren aufsteigenden Atem ein. Ich bin in ihr: Gefangener, Beherrscher, Sieger, Ausgesetzter … Und Wellen … Wellen … Wellen …

22

Am nächsten Tag großes Elend. Auf dem Handy eine Nachricht von Casa, der überhaupt nicht gut drauf ist, und eine von Rochembault, der mich mit allen Namen der Fauna bedenkt. Eine schreckliche Suada, von der ich kein einziges verräterisches Wort verstehe. Aber ganz sicher handelt es sich um etwas ganz Fürchterliches. Adieu, kleines privates Glück …

In der Lobby des Hotels entdecke ich Casa an der Bar, der gerade mit seinem ersten Glas Weißwein beschäftigt ist. Er unterdrückt ein Grinsen. Ich merke sehr wohl, daß er mein Auge anglotzt und auf eine Zusammenfassung der Nacht wartet. Mit seinem Weißweinglas deutet er auf mein Gesicht.

»Irgendwas muß an dir dran sein, daß du mit so einer Visage überhaupt einen Stich machst.«

»Sehe ich echt so schlimm aus?«

»Wenn man moderne Kunst mag, findet man es vielleicht schön. Aber sonst …«

»Schon gut … Also, warum wolltest du mich so dringend sprechen?«

»Hattest du Rochembault an der Strippe?«

»Auf der Mailbox, ja. Er klang stinksauer.«

»Du Glücklicher. Ich hatte ihn direkt am Apparat und bekam seinen Anfall voll ab.«

»Was hat er denn?«

»Er will die Fotos auf dem Schreibtisch haben und deinen Artikel gleich mit, das hat er. Und ein Interview mit dem Reporter und Vogelschützer Bougrain-Dubourg obendrein.«

»Was hat denn Bougrain-Dubourg damit zu tun?«

»Ach, du kennst doch Rochembault. Wenn er einen Floh im Ohr hat, bringt es nichts, zu fragen, woher er kommt.«

»Wann will er denn das Interview?«

»Jetzt.«

»Na, dann geht's ja noch.«

»Du weißt noch nicht alles.«

»Ich höre.«

»Weißt du, wen ich heute morgen gesehen habe?«

»Nein.«

»Lavergne.«

»Hast du mit ihm gesprochen?«

»Nein, ich habe ihn von weitem gesehen.«

»Was macht er denn hier?«

»O Mann! Dreimal darfst du raten. Deine glorreiche Idee von verreckenden Hunden und Obdachlosen an Weihnachten zieht die Massen an. Logo! wirst du denken, bei so einem prickelnden Thema …«

»Prickelnd, prickelnd … Hör doch auf. Es gab nur einen einzigen Artikel darüber. Das ist für mich nicht das, was man unter umfassender Berichterstattung versteht.«

»Dennoch ist Lavergne da. Wie er leibt und lebt.«

»Jetzt sollten wir nur noch rauskriegen, ob er wegen dieser Geschichte hier ist oder wegen einer anderen.«

»Blödmann. Wenn es etwas anderes geben würde als unsere Köter, hätten wir es lange vor Lavergne erfahren, schließlich sind wir vor Ort.«

»Hast recht.«

»Natürlich habe ich recht. Das Problem ist: Wenn Lavergne herausfindet, daß alles eine Ente ist, würgt er uns ganz sicher eine rein. Als Fiesling ist er nämlich Weltmeister.«

Lavergne war wirklich ein komischer Vogel. Doch vom Vogel zum Fiesling war's ja noch ein Stückchen hin.

Er war ziemlich kräftig und sah aus wie ein Vorstadtganove. Er hatte ein unvergleichliches Mundwerk, trug schlechtsitzende Anzüge und fuhr einen roten Renault Alpine, den er zu großen Anlässen aus der Garage holte.

Das einzig Gute an ihm war, daß er an den Orten, wo wir recherchierten, immer eine alte Freundin in Reserve hatte. Vielleicht nicht immer erste Güte, doch war stets eine Frau da, die uns den Abend versüßte. Wenn man mit Lavergne um die Häuser zog, wußte man nie, wie die Sache sich entwickelte. Im Bereich Blödsinn hatte er eine blühende Phantasie; das mußte man ihm lassen.

Und er hatte vor nichts Respekt. Es war zwar lustig, sich unverbindlich zu treffen, doch sobald wir zusammen eine Story machen wollten, wurde es völlig unmöglich. Pech für den, der nach ihm kam: Er riß alles an sich – Fotos, Fotoalben, Andenken –, und man stand da wie ein Hornochse, mit einem Bericht ohne jedes Beiwerk. Wenn er besonders gut in Form war, riet er seinen »Kunden« sogar, uns nicht zu empfangen, und beschrieb uns als unlauter und hinterlistig.

Sein Mangel an Ehrlichkeit wiederum amüsierte und empörte mich zugleich. Wenn es seinen Interessen diente, war dieser Mann zu allem fähig. In der Nähe von Carpentras ergatterte er in einem kleinen Antiquariat einmal ein Fotoalbum von 1950. Etwa vierzig Seiten Familienbilder in allen Formaten und Lebenslagen. Am Strand, bei Tisch, an Weihnachten – ein Querschnitt durchs Leben auf verblichenem Silberbromid. Lavergne baute die Bilder nach und nach in verschiedene Reportagen ein und machte seinem Chefredakteur weis, er habe schwer löhnen müssen, um sie exklusiv zu bekommen. Die Idee war zwar witzig, doch die Methode streitbar – vor allem, als er diesen Trick flächendeckend anwandte und man von ihm nur noch selten eine Reportage ohne ein Bild aus diesem Album sah.

Doch was mich viel mehr beunruhigte als seine schrullige Art, war die Tatsache, daß er hier war. Ich kannte Lavergne. Er gehörte nicht zu denen, die sich grundlos von A nach B bewegten. Der Mann hatte einen guten Riecher. Und wenn er da war, waren die anderen nicht weit. Er spielte oft den Aufklärer des Rudels. Und das gefiel mir nicht – ganz und gar nicht. Wenn man nämlich die Tatsachen ein wenig frisiert, muß man es unauffällig tun. Denn wehe dem, der sich erwischen läßt.

23

Probleme sind wie Radfahrer – sie treten immer im Rudel auf. Käme eines allein, hätte man schon gewonnen.

Wir hatten also Rochembault mit seinem K.o.-Telefonat gehabt; Lavergne war aufgetaucht, und, um das Bild zu vervollständigen, bekamen wir noch einen Anruf von Myriam Vanderarden, der Leiterin des Tierheims, die uns dringend zum Thema »Sie wissen schon« sprechen wollte. Na, es gab glänzendere Vormittage. Doch wenn man sich die Suppe eingebrockt hat, muß man sie auch auslöffeln. Wir fuhren also ins Tierasyl, um der dicken Dame unsere unselige Odyssee zu erklären.

Ich hatte schon etwas kalte Füße, als ich dort klingeln mußte. Zumal sich Casa, der mich bis zum Gartentor begleitet hatte, gleich wieder verzog.

»Das mußt du selbst mit ihr abmachen, Großer. Daß wir in der Patsche sitzen, ist ganz allein deine Schuld. Mit mir brauchst du also nicht zu rechnen, wenn du dir ihren Vortrag anhörst. Rochembault heute morgen war schon grenzwertig, mehr kannst du nicht von mir verlangen. Ich warte in der Kneipe da vorn auf dich … also dann, viel Glück, alter Kupferstecher.«

Ich hatte mich schon mal besser gefühlt. Ich sah mich wieder als kleiner Junge, der sich vor dem Haus herumdrückte und sich nicht hineintraute, weil er den schicksalhaften Moment der Abreibung so lange wie möglich hinauszögern wollte, und dabei mehr unter der Vorstellung litt als unter der Bestrafung selbst; wenn es soweit war – und es kam immer soweit –, war es fast eine Erleichterung. Diese lebhafte Erinnerung treibt mich heute dazu, meine Probleme anzupacken und sie nicht mehr auf morgen zu verschieben. Wer mich nicht kennt, hält dies für mutig, doch ich will es einfach nur so schnell wie möglich hinter mich bringen.

Die Einrichtung des Häuschens war immer noch genauso spießig, auch der ranzige, beißende Geruch von Katzenpisse hing nach wie vor in der Luft. Doch Myriam Vanderarden hatte nicht mehr diese stumpfe Miene wie beim ersten Mal. Sie wirkte überdreht, panisch und verängstigt zugleich.

»Das hätten Sie mir sagen müssen, Monsieur, wirklich … gleich nachdem Sie es erfahren hatten. Was soll ich denn jetzt tun?«

»Es war zu spät, um Sie zu benachrichtigen.«

»Zu spät? Aber Sie hätten doch damit rechnen müssen. So etwas passiert nicht zufällig. Das kündigt sich doch an.«

»Aber nein, im Gegenteil. Wir haben alle Vorsicht walten lassen, damit es nicht passiert.«

Sie sah mich mit ihren großen, erstaunten Augen an. Offenbar sprach ich Chinesisch für sie.

»Mögen Sie Brigitte Bardot nicht?«

Nun war sie es, die Chinesisch sprach.

»Was hat denn nun BB damit zu tun, Mirza?«

Wieder blickte sie mich erstaunt an. Dann sah ich, wie sich ihre Augenbrauen zusammenzogen, ein argwöhnisches Flackern lag in ihrem Blick.

»Sind Sie wirklich Journalist?«

»Ja.«

»Wirklich wahr?«

»Wollen Sie meinen Presseausweis sehen?«

»Arbeiten Sie wirklich für *La Voix du Nord*?«

»Nein, für *Radar*.«

»Ach ja, stimmt. Dann wissen Sie es also deshalb noch nicht.«

»Was soll ich denn wissen, Mirza?«

»Na, das mit Brigitte Bardot natürlich!«

Und dann dreht sie sich um und fischt die Zeitung vom Couchtisch.

»Hier.«

Auf der Titelseite eine Großaufnahme von BB.

Mund geschürzt, Zeigefinger erhoben. Die Pose der Verwünschung.

Die Schlagzeile: »BB eilt den Weihnachtshunden zu Hilfe.«

Der Untertitel: »Weihnachten ist das Fest der Liebe. Aber sind die Menschen denn noch tierlieb?«

Und weiter unten: »Ein Exklusivinterview von M. Martingal.«

Verfluchter Mistkerl, verdammter, dreckiger Schuft! Das war also seine heiße Story! Deswegen hatte er gestern nachmittag so frohlockt. Ha, dieses Aas! Ich hatte nicht einmal Lust, den Artikel zu lesen, so sehr war ich auf hundertachtzig.

Ich nahm es ihm nicht krumm, daß er auf der Titelseite war, auch nicht, daß er uns ein Interview mit der BB über eine Ente auftischte. Nein, ich nahm ihm übel, daß er die Rolle des Tölpels so hervorragend spielte. Gut, ich hatte ihn gebraucht, damit uns Rochembault erlaubte, noch ein bißchen länger vor Ort zu bleiben, und Martingals Tumbheit war mir nützlich – aber mit seinen abstrusen Ideen die Aufmerksamkeit ganz Frankreichs zu erregen, das ging entschieden zu weit. Allmählich dämmerte mir, warum Lavergne hier herumlungerte. Wegen einer banalen Geschichte über tote Hunde hätte sich dieser Döskopp niemals in Bewegung gesetzt. Doch wenn nun die BB mit von der Partie war …

Mirza sah mich an und rieb sich freudig erregt die Hände.

»Sie sagt, sie will hierherkommen und den Bürgermeister und die Vertreter des örtlichen Tierheims treffen.«

»Wie bitte?«

»Die Vertreter des örtlichen Tierheims.«

»Ja und?«

»Ich bin die Vertreter. Das bin ich.«

»…«

»Ich werde die BB treffen. Begreifen Sie denn nicht, was das heißt? Der Bürgermeister war auch schon hier und hat mir finanzielle Unterstützung für das Tierschutzheim angeboten.«

»Glückwunsch.«

»Nicht doch, das habe ich schließlich auch ein bißchen Ihnen zu verdanken. Ach, übrigens – wie geht es meinen Hunden?«

»Ihren Hunden? Oh, denen geht's sehr gut …«

»Sie müssen Sie trotzdem zurückbringen. Ich würde sie nämlich gern der BB vorstellen, wenn sie kommt. Und ihr sagen, daß dies die Hunde sind, wegen denen man nun über das Leid der Tiere spricht.«

»Na, na, das werden Sie schön bleiben lassen.«

»Aber wieso denn?«

»Weil … weil es unser ganz privates Geheimnis ist.«

»Warum denn ein Geheimnis? Sie haben doch selbst gesagt, es sei nichts dabei, meine Hunde zu fotografieren.«

»Ganz richtig. Deshalb lohnt es auch nicht, mit der BB darüber zu sprechen.«

Sie sah mich verdrießlich an. Mit einemmal war sie mißtrauisch. Als würde sie angesichts meines drei Meter langen Gesichts plötzlich an meiner Professionalität zweifeln.

»Wo sind meine Hunde, Monsieur? Ich möchte sie sofort sehen.«

»Sie, äh, sie sind nicht hier. Sie sind im Hotel.«

»Dann bringen Sie sie umgehend her, Monsieur, ich will nicht mehr …«

»Aber was ist denn los, Mirza?«

»Ich finde Sie sehr seltsam, das ist los. Und ich will meine Hunde wiederhaben. Sonst gehe ich zur Polizei.«

24

Casa blickte wortlos auf den Grund seines Weißweinglases. An seiner Miene sah ich, daß er keine Lösung für unser Problem fand. Was die Hunde anging, saßen wir eindeutig in der Klemme. Wo sollten wir in einer uns unbekannten Gegend vier streunende Tölen finden? Mission Impossible. Andererseits war das Interview mit der BB bereits gedruckt, und wir konnten die Katastrophe nicht mehr aufhalten. Sie würde uns voll erwischen.

Dann dachte ich an mein Fräulein, das ich neulich morgens wegen Casas Anruf Knall auf Fall verlassen hatte. Fräulein, meine Süße, meine Schöne. Mit ihren blonden Haaren, die wie eine Sonne auf dem hellen Kissen ihres Bettes lagen. Mit ihrer weichen, samtenen Haut in den Wogen der Laken. Mein Engel der Nacht, den ich zurückgelassen hatte, dabei wünschte ich mir doch nichts sehnlicher, als in seinen Armen zu liegen und den süßen, warmen Geruch seines Nackens einzuatmen.

Und überhaupt – was hatte ich mit Mülltonnen

an Weihnachten, mit entlaufenen Hunden, den Obdachlosen von Jonnelières und der alten Bardot mit ihrem erhobenen Zeigefinger und ihrem Exklusivinterview für diesen Dussel von Martingal zu tun? Ehrlich, was hatte ich denn mit diesem ganzen Quatsch zu schaffen? Mit all dem, was man in die Schlagzeilen brachte, und all jenem, das man verschwieg, weil es sich nicht verkaufte? Ich erinnerte mich an einen Staatsanwalt, der einen Fall von Vergewaltigung mit anschließendem Mord verfolgte und der mir im Restaurant, wo er sich schamlos auf meine Spesenrechnung betrank, sagte: »Warum sollten wir in diesem Fall ermitteln? Sie haben das soziale Niveau der Familie gesehen – diese Leute haben schon lange vergessen, daß sie überhaupt eine Tochter hatten.«

Rochembault hatte diesen Satz gestrichen, denn seiner Ansicht nach trug er nichts zur Sache bei.

Ich hatte genug von diesem Schmierentheater. Hatte es satt, hatte die Nase voll. Und nicht erst seit heute oder gestern. Doch seit das Fräulein in mein kleines Leben voller billiger Katastrophen getreten war, ekelte ich mich vor mir selbst. Wenn ich weiterhin in diesem Sumpf aus drittklassigem Boulevard herumdümpelte – welche Sonne sollte da noch für mich aufgehen? Und wenn ich Sonne sage, so meine ich, daß ich mir meine Zukunft irgendwie anders ausgemalt hatte. Wie könnte ich denn darauf hoffen, mit diesen immergleichen Räuberpistolen, eine abstruser und deprimierender als die andere, das Fräulein in meine Träume zu entführen?

Ja, ich hatte echt Erfahrung im Artikelschreiben. Meine Zeilen über einen eifersüchtigen Mann, der seine Frau mit der Bratpfanne erschlägt und ihren lasterhaften Liebhaber mit dem Korkenzieher ersticht, wurden zu einem beklemmenden Bericht mit dem vielsagenden Titel: »Die Tatwaffe lag schon immer in der Küche.« Tatatata! Hier ist sie – mit Pauken und Trompeten –, die große Geschichte der Woche aus der virtuosen Feder unseres Sonderkorrespondenten. Und über eine fette Frau, die ihren Mann getötet hat, indem sie sich auf ihn setzte, weil er sie verlassen wollte, schrieb ich: »Erdrückt von hundert Kilo Liebe.«

Doch es wollte die Miete bezahlt werden, das schnittige Motorrad, auch mal ein gutes Restaurant … und vor allem, ich beherrschte ja sonst nichts anderes. Und weil ich in diesem Sumpf steckte, konnte ich mir auch nichts anderes mehr vorstellen.

25

Ich hing meinen Gedanken nach und sah nicht, wie Lavergne die Bar betrat. Doch er kam direkt auf uns zu.

»Na, wen haben wir denn da? Pat und Patterson, die Könige der Medien. Die Starreporter der großen Zeitung *Radar*! He, sagt mal, ihr Schreckgespenster, über welches abscheuliche Verbrechen berichtet ihr denn dieser Tage?«

»Hallo, Lavergne. Und du? Was führt dich in diese Gegend?«

»Ach, nichts Bestimmtes, ich fahre nur so herum und sehe mich um.«

»Suchst du etwa eine gute Weihnachtsgeschichte?«

»Genau, du sagst es. Eine gute Weihnachtsgeschichte. Hey, ihr bei *Radar* habt einfach ein Gespür für die richtigen Worte. Das ist eure große Stärke.«

»Und du glaubst wirklich, daß du hier oben dein Glück findest?«

»Das Glück lacht den Wagemutigen, sagt man im Volksmund – und auf eure Art seid auch ihr wagemutig.«

»Ah ja. Und was für eine Art ist das?«

»Weiß ich doch nicht … aber hallo: Es gehört schon einige Dreistigkeit dazu, wenn Typen wie ihr es jedes Jahr aufs neue schaffen, euren Presseausweis verlängern zu lassen.«

»Ha, ha, ha, ist das lustig! Mir kommen die Tränen, wirklich selten so gelacht!«

»Hey, was habt ihr denn, ihr Mimosen? Heute nicht in Form?«

»Wir haben in der Tat ein paar Sorgen.«

»Kann ich euch zwei Pappnasen irgendwie behilflich sein?«

»Vielleicht. Wir brauchen Fotos. Und da du doch immer einen Vorrat hast, könntest du uns vielleicht ein paar rüberschieben. Ein Foto vom Opfer und ihrem Verlobten zum Beispiel.«

Lavergne sah Casa nur an. Er machte sich zwar gern über andere lustig, doch wenn es um seine eigene Person ging, versagte sein Humor. Ich glaube, der Mann hatte null Selbstvertrauen, was er mit seinem aufschneiderischen Getue vertuschte. Jedenfalls konnte man das bei seinem Einbahnstraßen-Humor meinen.

Wir sprachen noch eine Weile über dies und jenes, dann ging Lavergne. Dem Anschein nach war unser Gespräch nicht von Bedeutung. Aber nur dem Anschein nach.

Journalisten sind ausgeprägte Individualisten. Wenn einer die Kollegen mal braucht, um seinen Aufgaben nachzukommen, dann wird er sich dafür keineswegs revanchieren. Unser Job ist es, zu nehmen, nicht zu geben – es sei denn unseren Lesern! Unseren großartigen Lesern, die wir nicht kennen, die wir nicht kennen wollen und die, koste es, was es wolle, anonym bleiben müssen, damit wir sie nicht an der Hacke haben.

Kommt es in unserer täglichen Arbeit vor, daß wir zu mehreren an einer Sache schreiben, arbeiten wir deshalb noch lange nicht zusammen. Man trifft sich mittags und beim Abendessen, das war's. Wenn es um eine banale Geschichte geht, reden wir darüber, manchmal tauschen wir sogar Informationen aus. Doch ist es zufällig eine gute Story, dann hält jeder die Klappe. Dann plaudern wir nur über irgendwelche vorgestrigen Geschichten und die alten Kollegen, die an Leberzirrhose, Krebs oder an einer schlecht verdauten Scheidung gestorben sind.

So ist das, das ist die Regel. Zuerst einmal arbeiten wir für uns selbst. Für das Honorar und für die Schlagzeile. Von daher gibt es auch keine engen Freundschaften unter Journalisten.

Bei wichtigen Storys können wir uns natürlich nicht aus dem Weg gehen. In Kleinstädten gibt's nur eine begrenzte Anzahl an Hotels und Restaurants, und so kommt man zwangsläufig miteinander in Berührung. Doch dort endet der Kontakt auch schon. Man ißt, plaudert, reißt vielleicht ein paar Witze, über die Geschichte aber spricht man auf keinen Fall. Oder nur, um den Kollegen Flöhe ins Ohr zu setzen. Noch nie habe ich so viele Lügen, Gerüchte und Flunkereien gehört wie an den Tischen der Meute.

Merkwürdig übrigens, daß man uns »die Meute« nennt. Ich hatte nämlich nie das Gefühl, in der Meute zu jagen, ganz im Gegenteil.

Sicherlich kommt das von den Bildern im Fernsehen, wo man ganze Horden sieht, die sich vor dem Saal des Ministerrats oder auf irgendwelchen Freitreppen schreiend drängeln und Mikros und Maxiblitze hochhalten. Ihr wißt doch, diese fünfzig Pressefotografen, die den Namen ihres jeweiligen Blattes brüllen, damit die Stars in ihre Richtung gucken. Wenn man bei einer kleinen Zeitung arbeitet, muß man in solchen Situationen einen Trick anwenden und den Namen eines internationalen Schmierblatts noch lauter schreien als die anderen. Eigenartig, wie sich ein Star oder ein Minister gleich umdreht, wenn man wie am Spieß brüllt: *»New York Herald«* oder *»Paris Match«*.

Doch, wie gesagt, diese Horden sind nur Kintopp, die Ausnahme, die die Regel bestätigt. Das hat mit unserem täglichen Job nichts zu tun. Da bewegen wir uns auf leisen Sohlen ... na ja, oder so ähnlich. Und sitzen nur beim Essen zusammen. Danach meiden wir uns und beargwöhnen uns gegenseitig.

Es war noch nicht an der Zeit, unsere Runde durch die Lokale zu drehen, um zu sehen, ob Lavergne die ganze Meute oder Teile davon mitgebracht hatte, und ich zog es vor, nach Jonnelières zu fahren und unsere Obdachlosen vor dem großen Trupp zu warnen, der früher oder später auftauchen würde und den sie am besten gleich in die Wüste schicken sollten. Ich war mir nicht sicher, ob sie mich anhören würden, aber ich mußte es versuchen.

Künstlerpech, wir kamen zu spät. Vor dem heruntergekommenen Gebäude stand schon ein Wagen mit einem Kennzeichen der Gegend.

»Was ist denn das?«

»Jedenfalls gehört die Karre keinem Journalisten, es ist auch kein Mietwagen, nein, sieht eher aus wie ein Auto der Stadtverwaltung.«

»Woran siehst du das?«

»Es ist alt, grau und schmutzig.«

»Wenn du meinst.«

Es war tatsächlich ein Auto der Stadtverwaltung, des Sozialamts, um genau zu sein.

Als wir die Treppe hinaufgingen, hörten wir zwei Männer streiten. Der eine sagte zum anderen: »Wir können das nicht tolerieren. Ausgeschlossen.«

»Wenn sie hierbleiben, ist es das doch halb so schlimm.«

»Nein, nein und nochmals nein! Das wäre ein Schandfleck in der Gemeinde, und dann noch diese Hundegeschichte – da ist doch etwas faul.«

»Ach, bei Journalisten muß man auf alles gefaßt sein.«

Als wir uns auf der Treppe trafen, verstummten sie. Wir tauschten ein paar fragende und finstere Blicke, bevor wir uns zum Gruß zunickten.

Oben warteten wir kurz, um sicherzugehen, daß die beiden Burschen auch weg waren. Als wir hörten, wie der Motor angelassen wurde, gingen wir in die »Wohnung« der Obdachlosen.

Kaum hatten wir einen Fuß in ihr trautes Heim gesetzt, sprangen sie uns auch schon buchstäblich ins Gesicht.

»Was wollen? Wir nix reden mit euch. Nix reden, klar? Raus, raus hier!«

»Ihr miesen, dreckigen, verrotteten Scheißkleckser … ich hatte euch doch gesagt, daß ihr denen die Kohle abknöpfen sollt. Diese Typen da sind Verbrecher!«

»Dreckskerle!«

»He, he, ganz ruhig, Jungs. Was ist denn jetzt schon wieder los?«

»Daß man uns wegen eurer Schnapsidee vor die Tür setzt, das ist los.«

»Welche Schnapsidee?«

»Na, deine verdreckten Mistköter! Deine verlausten Tölen!«

Cédric kam auf uns zu. Er sah nicht mehr so nett aus wie am Vorabend.

»Vorhin waren zwei Typen da …«

»Wir sind ihnen im Treppenhaus begegnet.«

»Na, das waren zwei Kerle von der Stadtverwaltung. Sie wollten wissen, wo unsere Hunde sind.«

»Eure Hunde?«

»Ja, die von gestern. Mit denen wir uns fotografieren lassen sollten. Diese verrückten Schläger, die Wachen vom Supermarkt, haben den Bullen von unserer kleinen Spritztour gestern erzählt. Und nun hat die Verwaltung uns diese zwei Weihnachtsmänner geschickt. Totales Chaos. Sie sagen, es gibt nur zwei Möglichkeiten: Entweder haben wir die Hunde laufenlassen, und das sei sehr schlimm wegen der Tollwut, oder wir haben sie getötet, weil wir sie nicht mehr füttern konnten, und das sei noch viel schlimmer. In beiden Fällen werden sie uns wohl hier rausschmeißen.«

»Das ist doch absurd! Ihr habt doch gar keine Hunde.«

»Hast du das etwa ganz allein rausgefunden, Schmierfink? Alle Achtung.«

»Halt doch mal die Klappe, Alter. Wir haben ihnen natürlich gesagt, daß wir keine Hunde haben. Wir haben ihnen auch gesagt, daß es eine Idee von euch Journalisten war, um eure Reportage aufzumotzen ...«

»Das habt ihr gesagt?«

»Und wie wir das gesagt haben! Aber sie wollten nichts davon wissen. Sie meinten, wir erzählten nur Blödsinn. Was wiederum nichts daran ändert, daß wir wegen eurer Geschichte nun in der Scheiße sitzen. Wir haben niemanden je um etwas gebeten – und trotzdem pinkelt man uns jetzt wegen eurer Hundeidee ans Bein. Ich würde dir raten, uns da rauszuhelfen.«

»Klar doch, kein Problem.«

»Es muß aber presto gehen. Sag ihnen, daß wir nichts damit zu tun haben. Sonst schmeißen sie uns raus.«

»Regt euch nicht auf. Man kann nicht einfach Menschen rausschmeißen.«

»Wir sind keine Menschen. Wir sind Obdachlose, das ist ein Riesenunterschied.«

26

Wir fuhren direkt zum Rathaus. Der Bogen war eindeutig überspannt. Ich war bereit, für meinen glorreichen Blödsinn den Kopf hinzuhalten. Vor dem Bürgermeister, vor Myriam, der ich auch gestehen würde, daß ich ihre Hunde verloren hatte, wenn nötig sogar vor Lavergne und auch vor Rochembault.

Das Problem im Leben ist, daß der Wille zur Ehrlichkeit nicht ausreicht. Man muß auch die Möglichkeit dazu bekommen! Ich wollte alles zugeben, aber niemand wollte mir zuhören. Vielleicht hatte ich den Zeitpunkt falsch gewählt. Denn als wir in die Eingangshalle traten, waren viele Leute da, vor allem Journalisten, ein Dutzend etwa, Lavergne und Martingal mittendrin. Die Meute war also eingetroffen. Und nicht zu knapp.

Wir hatten keine Lust, uns drunterzumischen, und gingen geradewegs zum Empfangsschalter.

»Guten Tag, Madame. Wir würden gern den Bürgermeister sprechen.«

»Oh, das wird nicht gehen. Er ist beschäftigt.«

»Was meinen Sie, wann wir ihn treffen können? Es ist sehr wichtig, wir würden mit ihm gern über eine Angelegenheit bezüglich der Hunde sprechen.«

»Ach, wegen der streunenden Hunde sind Sie da! Dann müssen Sie nur mit den anderen da hinten warten. In zehn Minuten gibt der Bürgermeister eine Pressekonferenz zu diesem Thema.«

Casa sah mich mit einem leichten Zittern seines Schnurrbarts an. Ich kannte diesen Tick. Er kündigte eine große Erregung an. Ich wollte schon etwas sagen, kam aber nicht mehr dazu, denn Lavergne und Martingal waren im Anmarsch.

»Hallo, Freunde.«

»Hallo.«

»Und? Wie fandet ihr meinen Coup heute morgen? Das war doch ein Ding, oder?«

»Ja, das ist wirklich ein Ding …«

»Hey, besonders begeistert seht ihr ja nicht aus. Ihr könntet mir zumindest danken.«

»Dir danken? Wofür denn?«

»Das ist ja wohl der Gipfel. Fragt mich auch noch, wofür. Hast du das gehört, Lavergne?«

»Ach, weißt du, ich beobachte die Dinge nur, ich ergreife nicht Partei.«

»Dann werde ich dir mal sagen, wofür ich deinen Dank verdiene, Großer: Hätte ich mir nicht diese

Weihnachtsgeschichte mit den Hunden aus den Fingern gesaugt und hätte ich nicht die BB interviewt, wäre die ganze Sache dann zu einem nationalen Ereignis geworden? Glaubst du das auch nur eine einzige Sekunde lang? Denn, ehrlich gesagt, was hättest du denn ohne mich auf der Pfanne gehabt? Was, hä? Ich frage dich. Eine kleine Allerweltsgeschichte, die in deinem Käseblatt nicht mal eine Viertelseite ergeben hätte. Doch jetzt bist du auf der Titelseite, Kumpel. Alle Welt will über diese Geschichte berichten. Hast du gesehen, wieviel Volk zur Pressekonferenz gekommen ist? Das heißt doch was.«

»Befreie mich von einem Zweifel, Martingal: Warst du bei den Obdachlosen?«

»Bei den Obdachlosen? Welchen Obdachlosen?«

»Na, den Jungs aus Jonnelières.«

»Warum sollte ich zu diesem Abschaum gehen? Die können mich doch mal. Nur meine Schlagzeile zählt, Freundchen.«

Ich hätte ihm gern gesagt, was ich von seiner knallharten Professionalität hielt, doch ich kam nicht dazu, weil die Journalisten zur Pressekonferenz in den Europa-Saal gerufen wurden. Martingal und Lavergne ließen uns auch gleich stehen und gesellten sich zu der Truppe. Ich packte Casa am Arm.

»Müssen wir wirklich dorthin?«

»O Mann! Bist du eigentlich völlig daneben, Großer? Natürlich müssen wir hin. Ich jedenfalls gehe. Ich will wissen, was der Bürgermeister zu sagen hat. Ich will nämlich für die große Katastrophe gewappnet sein.«

»Stimmt auch wieder.«

»Aber hallo! Los, gehen wir.«

Der Europa-Saal trug seinen Namen zu Recht. Er war groß und weitläufig, mit hohen Decken und vielen Türen, aber ohne Fenster. Er diente als Versammlungssaal, als Pausenraum zum Umtrunk bei einem Aus- oder Einstand, als Festsaal für Gedenkfeiern aller Art, als Ballsaal am 13. und 14. Juli, als Ratssaal und als Wahllokal, wo man die Kabinen aufstellte.

Ein kleines Podest, umrahmt von der französischen und der europäischen Flagge und der Fahne von Arras, war hinten im Raum aufgebaut, und darauf stand ein Tisch mit einem weißen Tuch. Unterhalb des Podestes waren vier, fünf Reihen Stühle aufgestellt, die man mit umgekehrten Haken aneinanderhängen konnte.

Casa und ich setzten uns in die letzte Reihe. Wir wußten, daß wir keine Fragen zu stellen hatten. Außerdem war das ein guter Platz, um eine Liste der anwesenden Medien zu erstellen. Der Rundfunk war mit *RTL* und *France Info* vertreten, die Printmedien mit *La Voix du Nord*, *Nord Éclair* und

Le Temps von der anderen Seite der Grenze, *Libération* – auch wenn wir uns fragten, warum sie gekommen waren –, *France Soir, Le Parisien* sowie *Franc Dim'* und natürlich *Détect'*, unsere Konkurrenten und nichtsdestoweniger Freunde, wie man immer wieder gerne betonte. Da war auch ein Typ von *iTélévision* und einer von *France 3*. Ein ansehnliches Trüppchen.

Der Bürgermeister trat ein, flankiert von zwei Personen, und man merkte, daß es ihm mächtig gefiel, so ein Podium zu haben. Dieser Mann hatte begriffen, worauf's bei der Politik ankommt. Es ging ihm nicht darum, als unfehlbares und perfektes Stadtoberhaupt zu erscheinen, es genügte ihm schon, überhaupt in Erscheinung zu treten. Wer als Politiker heutzutage schwieg, belastete sich fast schon selbst.

Er nahm also den Bürgermeisterstuhl ein. Er setzte sich in Pose und wurde in den Augen der Wähler Wegbereiter, Retter, Richter oder was auch immer, damit sich das gute Volk in guten Händen fühlte.

»Guten Tag, meine Damen und Herren. Ich danke Ihnen, daß Sie so schnell auf meine Einladung reagiert haben.«

Schon folgten die ersten Wortmeldungen, doch der Bürgermeister forderte sie mit einem Handzeichen auf, das Ende seiner Vorrede abzuwarten.

»Es war noch nie meine Art, mich meiner Verantwortung als gewählter Volksvertreter zu entziehen, und ich habe immer zu meinen Verpflichtungen gestanden …«

»Was wollen Sie in bezug auf diese verhungernden Hunde unternehmen?«

Für den Bruchteil einer Sekunde sahen wir ein Maschinengewehr im Auge des Bürgermeisters. Dann überzog ein aufgesetztes gewinnendes Lächeln sein Gesicht.

»Ah! Verstehe – die Presse darf man auf keinen Fall warten lassen. Und Sie haben recht. Der Volksvertreter sollte keine langen Reden schwingen und falsche Versprechungen machen, er muß Entscheidungen treffen und Rechenschaft darüber ablegen. Und da das Veterinäramt auf Bezirksebene, das, ich sage es noch einmal, einzig und allein die Befugnis und die Entscheidungsgewalt hat, in so einem Fall einzugreifen, da dieses Amt also die Stadtverwaltung über die Tragödie informiert hat, die sich im Stadtgebiet zuträgt, sehe ich es als meine Pflicht zu handeln. Deshalb habe ich Monsieur Lamartin, den Leiter des Veterinäramts, gebeten, hier mit mir auf Ihre Fragen zu antworten. Ich übergebe also Monsieur Lamartin das Wort und werde gegebenenfalls noch zusätzliche Präzisierungen liefern.«

Und mit einer hochtrabenden Handbewegung warf dieser verkommene Politiker seinen rechten

Nebensitzer der Meute zum Fraß vor. Der arme Kerl hatte die Tricks des Bürgermeisters noch nicht drauf und ließ sich von den Kollegen zerreißen, die sich an ihm rächten, weil sie den gewählten Volksvertreter nicht zu fassen bekamen. Der Arme war aber auch zu ungeschickt.

»Was haben Sie mit diesen Hunden vor?«

»Nun, wenn wir sie gefunden haben …«

»Soll das heißen, Sie wissen nicht, wo sie sind?«

»Sagen wir mal …«

»Wie erklären Sie es sich, daß in einem Land wie dem unseren eine Meute streunender Hunde eine ganze Stadt terrorisieren kann, ohne daß die Behörden etwas tun?«

»Aber wir tun doch etwas …«

»Ja, Sie lassen die Hunde verhungern! Merkwürdige Auffassung von Euthanasie!«

»Wenn Sie mich ausreden lassen würden …«

»Sie sollen keine Rede halten, sondern auf unsere Fragen antworten.«

Es war eine wahre Hetzjagd. Der Typ zog immer mehr den Kopf ein, als würden die Fragen der Meute wie Hagelgeschosse auf ihn niederprasseln.

Darauf hatte der Bürgermeister nur gewartet, er eilte Lamartin zu Hilfe.

»Bitte, bitte! Ein bißchen Ruhe und Ordnung, meine Herrschaften, sonst kommen wir hier zu nichts …«

»Unsere Leser wollen die Wahrheit über diese tragische Geschichte wissen!«

»Meine Bürger auch, Monsieur. Soweit mir bekannt ist, haben Sie nicht das Monopol auf die Wahrheit. Und wenn Sie die ganze Wahrheit wissen wollen, so mag es fast scheinen – ich verwende hier absichtlich den Optativ –, so mag es also in Anbetracht der Informationen, die ich kürzlich erhielt, scheinen, als sei der Fall sehr viel komplexer, als man auf den ersten Blick meinen könnte. Daher habe ich auch Kommissar Bertin zu dieser Pressekonferenz gebeten. Bitte, Kommissar.«

Der dritte im Bunde, ein junger, kantiger Typ mit weißem Hemd und hocheleganter Krawatte, ergriff also das Wort.

»Guten Tag. Heute morgen haben wir eine Beschwerde der Leiterin des Tierheims von Arras bekommen. Anscheinend haben sich zwei Männer als Journalisten aus Paris ausgegeben und vier Hunde aus dem Asyl entwendet.«

»Sind das solche Hundefänger, die im Auftrag von Pharmalabors unterwegs sind?«

Ich hatte keine Lust, auf die Antwort des Kommissars zu warten. Ich machte Casa ein Zeichen. Er stand auf, ohne zu murren.

27

Was hätten sich Casa und ich noch zu sagen gehabt? Nichts. Also tranken wir. Ich hatte ihn ins *Super Massamba* mitgenommen, und am Tresen kippten wir einen Drink nach dem anderen und starrten in unsere Gläser.

»Weißt du was?«

»Was?«

»Es gibt Tage, da wäre ich gern Erdnußverkäufer.«

»Verstehe.«

»Dann würde ich an sonnigen Tagen am See im Bois de Boulogne eine ruhige Kugel schieben und Tütchen mit Erdnüssen und Pralinen verkaufen. Meine einzige Sorge im Leben wäre das Wetter; ich würde den Wetterbericht hören, um zu wissen, ob ich ausreichend Wechselgeld hätte. Und das wär's.«

»Verstehe.«

»Ich müßte keine Entscheidungen treffen, mir keinen Quatsch ausdenken …«

»Na ja, Quatsch, Großer … den würdest du dir

auch als Erdnußverkäufer noch ausdenken. Du bist auf diesem Gebiet ziemlich begabt.«

»Egal. Heute jedenfalls würde ich gern Erdnüsse verkaufen.«

»Und abgesehen davon?«

»Trinkst du noch ein Glas?«

»Ja.«

»Als ich klein war, nahm uns mein Vater sonntags zum See im Bois de Boulogne mit. Wir gingen zu Fuß und hofften, er würde uns mal ein Boot ausleihen, damit wir rudern könnten wie alle anderen. Aber nein! Wir gingen zu Fuß. Und auf halbem Weg kaufte er uns immer eine Tüte Erdnüsse bei einem schlechtrasierten alten Mann mit einer blauen Schirmmütze. Ich dachte, mein Vater würde den Alten gut kennen, weil er ihn immer grüßte; sie plauderten über das Wetter und die Schwankungen im Absatz von Erdnüssen. Trotz unserer inständigen Bitten lieh mein Vater nie ein Boot für uns aus, er wollte nur ein kleines Schwätzchen halten. Heute weiß ich, daß mein Vater einfach ein Schwätzer war.«

»Jaa … und?«

»Na, ich würde lieber von dem alten Erdnußverkäufer abstammen als von meinem Vater. Dann wäre ich jetzt nicht hier.«

»Steigere dich doch nicht so rein. Es ist ja nicht das Ende der Welt.«

»Vielleicht. Aber es sieht fast danach aus. Wie soll ich denn das alles erklären?«

»Du mußt niemandem etwas erklären, Großer. Du schreibst einfach einen kleinen Artikel wie immer, und Rochembault ist hochzufrieden.«

»Rochembault kratzt mich im Moment nicht, Casa, ich denke an das Fräulein und die Jungs von Jonnelières. Wie soll ich ihnen klarmachen, daß sich die Leute einen feuchten Dreck für sie interessieren und daß es nur noch um die Hunde geht? Kannst du mir sagen, wie ich das machen soll, ohne daß sie mir ins Gesicht spucken?«

»Ich weiß es nicht. Aber du solltest dir schleunigst etwas einfallen lassen – da kommt deine Dulcinea.«

Ich drehte mich um und sah das Fräulein in der Glastür stehen. Sie sah mich an. In ihrem Blick konnte ich lesen: Na, wen haben wir denn hier!

Ich spürte hinter meinem Rücken, wie Casa vom Tresen verschwand, um sich ausgiebigst die Hände waschen zu gehen.

Das Fräulein setzte sich neben mich, aber auf Abstand. Das sollte heißen: Wir kennen uns, aber nur flüchtig. Es tat mir weh. Auch wenn ich verstand, daß sie mir nach meinem schnellen morgendlichen Aufbruch nun die kalte Schulter zeigen wollte.

»Alles klar?«

»Bei mir? Klar; immer. Und bei dir? Der Anruf heute morgen – war der wirklich so wichtig?«

»Mehr als das.«

»Was willst du damit sagen?«

»Okay: Ich wollte mich eigentlich nicht hinausschleichen wie ein Dieb, nachdem ich meine kleine Beute gehabt hatte. Das ist nicht meine Art. Aber … Nun, seit ich dich getroffen habe, geht irgendwie alles schief.«

»Tolles Kompliment.«

»So hab ich's nicht gemeint, Fräulein. Nur, hätte ich dich nicht getroffen, hätte ich diese Hundegeschichte nicht erfunden, und die Dinge hätten nicht so eine katastrophale Dynamik angenommen. Hast du heute morgen Zeitung gelesen?«

»Nein.«

»Martingal hat von Brigitte Bardot ein Exklusivinterview bekommen. Es gibt ein Riesentheater wegen dieser streunenden Hunde.«

Sie prustete in ihr Getränk – Zitronensaft, ein Tropfen Zitronensirup, Wasser, Zucker.

»Machst du Witze?«

»Leider nein. Und da gibt es auch nichts zu lachen.«

»Ach, weißt du, die Suppe, die man sich einbrockt, muß man auch auslöffeln.«

»Ja, aber das ist keine Suppe, sondern Schierling.«

»Was hast du dir denn diesmal aus den Fingern gesogen?«

»Ich? Nichts. Aber die anderen haben sich gegenseitig übertroffen.«

»Welche anderen?«

»Meine lieben Kollegen, der Bürgermeister, das Sozialamt, die Bullen, das Tierheim …«

»Was haben denn die alle damit zu tun?«

»Das versuche ich ja, dir zu erklären, aber du unterbrichst mich ständig.«

»Aha. Gut, ich sag nichts mehr.«

»Genau, sag nichts mehr, und laß mich erklären. Es ist alles schon schlimm genug, du mußt nicht noch einen draufsetzen.«

»Ich schweige.«

Sie legte Daumen und Zeigefinger aneinander und fuhr sich über die Lippen, wie um sie ein für allemal zu schließen. Eine schöne, kleine alltägliche Geste, die mich rührte.

»Danke, das ist nett. Also … Das Interview mit der BB hat eingeschlagen wie eine Bombe und hat die Presse landesweit aufmerksam gemacht. Heute morgen waren mehr als fünfzehn Kollegen bei der Pressekonferenz des Bürgermeisters …«

»Eine Pressekonf… Ja, ja, bin ja schon ruhig.«

»… doch das allein wäre halb so schlimm. Eine Pressekonferenz, was soll das schon?, wirst du denken. Stimmt, aber das Problem ist, daß es dabei nur um die Hunde ging und mitnichten um die Jungs von Jonnelières. Nun, das hätte man sich ja denken können, sagst du, und das hätte man schon wieder hingekriegt. Aber das ist noch nicht alles …«

Ich schielte sie aus dem Augenwinkel an, während ich redete, und sah, daß sie die Stirn in Falten legte.

»… der Bürgermeister, ein ausgebuffter Politprofi, hat die Gefahr einer solchen Geschichte gewittert. Um sich abzusichern und seine Hände in Unschuld zu waschen, hat er das Veterinäramt des Bezirks, die Polizei und sonstige Gefolgschaft eingeladen. Mit dem Ergebnis, daß nun das Veterinäramt auf der Suche nach den Hunden ist und die Obdachlosen beschuldigt, sie ausgesetzt zu haben; das Sozialamt ist drauf und dran, sie aus der Unterkunft zu jagen, und auf eine Klage des Tierheims hin ermittelt die Polizei nun wegen Hunderaubs.«

»Hunderaub?«

»Ja. Die Hunde, die uns weggelaufen sind und die wir Myriam nicht zurückbringen konnten. Du siehst also, es ist das totale Chaos, und ich stecke mittendrin.«

»Und was hast du vor?«

»Ich weiß es nicht.«

»Es fehlte gerade noch, wenn du nun die Segel streichen würdest. Schließlich ist es deine Schuld, daß es soweit gekommen ist.«

»Meine Schuld, meine Schuld! Ich bin nur Journalist. Ich trage lediglich Fakten zusammen, sonst nichts.«

»Und legst sie dir zurecht, wie es dir paßt, damit du sie besser verkaufen kannst.«

»Nicht immer.«

»Ja, aber in diesem Fall schon, also bist du auch verantwortlich. Du kannst jetzt nicht einfach das Unschuldslamm mimen.«

»Aber was soll ich denn tun?«

»Keine Ahnung. Aber es ist auch nicht einzusehen, daß die Obdachlosen die Sache allein ausbaden müssen.«

In diesem Moment kamen Martingal und Lavergne in die Bar.

»Na so was, da ist ja Patterson! Hast du Pat im Auto gelassen, damit du die Frau da abschleppen kannst?«

»Fräulein, wenn ich bitten darf.«

»Entschuldigung, Miss, ich wollte Ihnen nicht zu nahetreten. Und wenn Sie erlauben, möchte ich Ihnen noch einen Rat geben: Nehmen Sie sich vor diesem Subjekt in acht – er ist ein unverbesserlicher Verführer, eine Art Don Juan der Presse.«

»Don Juan?«

»Bei jeder Reportage eine andere Schnecke, meine Teure. Aber so ist er eben: unwiderstehlich.«

»Halt die Klappe, Lavergne.«

»Nein, nein, ganz im Gegenteil – erzählen Sie mehr, das interessiert mich. Sie wollen damit sagen, jede Reportage ist wie ein Eintrag im Register?«

»Genau. Wir bleiben ja nie lange am selben Ort. Wir sind Zugvögel.«

»Komisch, ich hätte eher gesagt: Vögel der schlechten Auspizien.«

»Oh, das ist aber nicht sehr nett!«

»Ich habe auch keine Lust, nett zu Ihnen zu sein.«

Martingal rieb sich die Stirn. Er war bekanntlich konfliktscheu.

»He, Lavergne, vielleicht sollten wir woanders einen trinken.«

»Nicht doch, Martingal. Warum denn? Hier ist es doch schön, so gemütlich …«

»Ich verstehe, daß Ihnen das gefällt – Frauen sind Häfen, in die man einlaufen kann.«

»Daher ist es besser, ein Vogel zu sein, mein Fräulein. Man überfliegt den Sumpf, doch man lebt nicht darin.«

Das wurde nun langsam ein ziemlich ätzendes Geplauder: Ich machte dem ein Ende.

»Gut. Könnten wir nun Vögel, Seehäfen und Schiffahrt abhaken, wenn es euch nichts ausmacht? Was trinkst du, Lavergne?«

»Gar nichts, Patterson, gar nichts. Ich wollte nur mit meinem Freund Martingal ein Glas auf sein bemerkenswertes Interview mit der BB erheben. Sonst nichts.«

»›Bemerkenswert‹! Jetzt bleib mal auf dem Teppich.«

»Na doch, Alter. Dir haben wir es zu verdanken, daß die Sache ans Licht gekommen ist. Ohne deine Arbeit, ohne deinen Riecher – wo wären wir denn da? Wo? Nitschewo! Der Schwarzhandel würde weitergehen, und keiner wüßte davon.«

»Schwarzhandel? Was für ein Schwarzhandel?«

»Warst du nicht bei der Pressekonferenz?«

»Ich bin nicht bis zum Schluß geblieben.«

»Na, dann hast du das Beste verpaßt, Patterson. Was sich auf den ersten Blick wie eine Weihnachtstragödie mit Hunden anließ, die vor Essensbergen verhungern, hat sich am Ende als ein heikler Fall von Tierhandel für Pharmalabors herausgestellt, die Tierversuche machen.«

»Was ist denn das für ein Schwachsinn?«

»Ein Fall für ›Vermischte Nachrichten‹, mein Freund. Da zeigt sich wieder mal, daß der wahre Journalist den kleinen Lichtern deiner Branche überlegen ist. Er blickt immer hinter die harmlosen Kulissen. Und ich kann dir versichern, daß das ein Knaller wird. Vor allem, wenn man die Identität der beiden angeblichen Journalisten aufdeckt, die die Hunde gestohlen haben.«

»Verheb dich mal nicht.«

»Oh, ich verheb mich nicht, mein Guter, ganz und gar nicht. Der Fall ist verhoben, ich berichte nur darüber. Und nun – gehabt euch wohl.«

Mit Martingal, der ihm an den Fersen hing, verließ er die Bar.

Es herrschte Schweigen, dann sah das Fräulein mich an.

»Warum hast du nichts gesagt?«

»Zu Lavergne? Sinnlos. Dieser Kerl schert sich nicht um die Wahrheit, für ihn zählt nur, daß die Geschichte sich gut verkauft.«

Sie betrachtete sich im Spiegel hinter den grünen und blauen Flaschen am Tresen.

»Patterson.«

»Was denn?«

»Ich frage mich, warum er dich Patterson nennt. Ein komischer Spitzname. Klingt irgendwie nett, aber ich habe den Eindruck, daß das aus seinem Mund nicht so gemeint ist.«

»Du hast den Nagel auf den Kopf getroffen. Patterson nennt er mich wegen Lady Di.«

»Na, die hat uns hier gerade noch gefehlt.«

»Ich war mal mit Lavergne im *Crazy* einen trinken. Er wollte seine neueste Errungenschaft ausprobieren, eine kleine Digitalkamera, so groß wie eine Zigarettenschachtel. Bei den Mädchen vom *Crazy* konnte er sie gut testen. Als wir das Lokal verließen, kamen wir an der Place de l'Alma vorbei und sahen im Tunnel Feuerwehr und Sanitäter. Lavergne wollte, daß ich hielt, damit er die Szene aufnehmen konnte. Ich war müde und weigerte mich anzuhalten. Ich fuhr Lavergne nach Hause und ging schlafen. Eine halbe Stunde später rief er mich wutentbrannt an. Wegen meiner Faulheit sei uns nun die Reportage des Jahrhunderts durch die Lappen gegangen. Der verunglückte Wagen gehörte Lady Di. Seitdem nennt er mich Patterson, doppelt doof oder so …«

»Und was hat es mit dem Don Juan auf sich? Stimmt das etwa auch?«

»Wenn du alles glaubst, was Lavergne erzählt, kommen wir nie auf einen grünen Zweig, Fräulein.«

Casa war von der Toilette zurück. Er hatte keine Hände mehr, sondern weiße Handschuhe.

»Und, Großer? Was steht nun auf dem Programm?«

»Und er? Warum nennt er ihn Pat?«

»Ach, habt ihr Lavergne getroffen?«

Ich erzählte Casa von unserem kleinen Geplänkel und welche Geschichte Lavergne herausbringen wollte.

»O Mann. Die Arschgeige.«

»Wenn Sie das in den Plural setzen, kommen Sie der Wahrheit schon viel näher, mein lieber Pat.«

28

Ich hatte vorgeschlagen, zuerst zu Myriam zu gehen, ihr die ganze Wahrheit zu sagen und sie zu bitten, die Klage zurückzuziehen. Dann wollten wir uns bei den Obdachlosen von Jonnelières einnisten. Ich war sicher, daß unsere Anwesenheit die Zwangsräumung erschweren würde. Der Bürgermeister gehörte zu den Leuten, die jeden Skandal vermeiden. Da hatte ich keine Zweifel. Und Fotos in der Zeitung hätten eine denkbar schlechte Wirkung. Casa und das Fräulein billigten den ersten Teil meines Plans – beim zweiten Teil hatte ich das Gefühl, daß sie ihn nicht so toll fand, auch wenn sie nichts sagte. Casa jedenfalls fand ihn idiotisch.

»Meinst du, es ändert etwas, wenn wir auf dem nackten Boden schlafen und uns von den Läusen auffressen lassen? Wie lange soll dein Sit-in denn dauern? Eine Nacht? Zwei? Eine Woche?«

»Ich bin mir fast sicher, daß sie schon morgen ausgewiesen werden. Der Bürgermeister hat kein Interesse daran, die Sache hinauszuzögern. Er muß zeigen, daß er handelt. Und eine öffentlichkeitswirksame Ausweisung von so einem Gesocks wie unseren Jungs kommt dem Sicherheitsdenken des Wählers entgegen.«

»Wir können jedenfalls nicht länger bleiben als eine Nacht, Großer. Wir müssen schließlich nach Paris zurück. Für den Fall, daß du es vergessen hast: Du mußt deinen Artikel abgeben.«

»Meinst du, die Geschichte ist die Sache wert, Casa?«

»Das ist nicht unsere Entscheidung, Großer. Das ist nicht unsere Aufgabe ...«

Das Fräulein kochte.

»Was ist denn dann eure Aufgabe, Pat? Wenn man euch hört, hat man nicht den Eindruck, daß man es mit zwei erwachsenen, verantwortungsbewußten Journalisten zu tun hat.«

»Wir sind nur Handlanger, junge Frau, sonst nichts.«

»Was soll das heißen?«

»Das soll ganz einfach heißen, daß ich weiß, wie man Fotos schießt, und der Große, wie man einen Artikel zusammenschustert, wir wissen, wie man ein bißchen recherchiert – und nach uns die Sintflut. Wenn wir unsere Sachen abgegeben haben, fragt niemand mehr nach unserer Meinung, wir sind Teil der Maschinerie, aber wir entscheiden nicht, was dabei herauskommt.«

»Das ist nicht sehr lustig.«

»Aber traurig ist es auch nicht. Es ist einfach die Realität. Die Leser denken, daß eine Information keinen Wert und keinen Preis hat. Aber das stimmt nicht. Es gab einmal eine Zeit, da galt es als normal und alltäglich, daß die Presse Geld verlor. Ein Blatt, das Gewinn machte, war verdächtig. Doch diese Zeiten sind vorbei, heute ist die Presse ein Geschäft wie jedes andere, und Informationen sind Handelsware. Wir halten die Maschinerie am Laufen, doch man fordert von uns nicht mehr, *die* Wahrheit zu schreiben – *eine* Wahrheit reicht aus, und zwar die, die sich verkauft und die den Lesern gefällt. Ist das traurig? Ich weiß nicht. Jedenfalls bin ich zu alt, ich kann es mir nicht mehr leisten, mir diese Frage zu stellen. Früher konnte eine Reportage mehrere Wochen dauern, heute müssen wir sie in zwei Tagen abgeschlossen haben. Daß ich nun öfter zu Hause bei Madame Casa bin, ist der einzige Vorteil.«

Myriam war nicht im Tierheim, also fuhren wir nach Jonnelières. Dort erwartete uns eine Überraschung.

Die Eingangstür war mit einem Haufen Sperrmüll verbarrikadiert. Hinter dieser Sperre aus Abfall und Betonklumpen, gespickt mit Stahlstangen, standen Cédric, Vladi und der Kohle-Depp. Als sie uns sahen, winkten sie uns herbei.

»Was soll denn das sein? Fort Knox?«

»Das war eure Idee … damit sie uns rausschmeißen …«

»Wir haben beschlossen, uns nicht einfach vertreiben zu lassen. Wir sind an dieser Hundegeschichte und diesem Bluff der Journalisten ja nicht schuld. Also haben wir beschlossen, uns zu wehren.«

»Ich weiß nicht, ob das eine gute Idee ist.«

»Wer ist denn die Torte, Alter?«

»Das ist mein Fräulein, Cédric, eine Freundin. Sie hat als erste *France Info* auf eure Not aufmerksam gemacht.«

»Ach so. Na, das war keine Meisterleistung. Da sehen Sie mal, was uns nun Ihretwegen passiert.«

»Meinetwegen?«

»Na, na, immer mit der Ruhe. Das Fräulein hat die Journalisten auf die Sache mit dem Supermarkt und dem versiegelten Müllcontainer aufmerksam gemacht. Mit den Hunden hat sie nichts zu tun, du weißt, daß das meine Idee war.«

»Die Köter haben wir übrigens gefunden.«

»Echt?«

»Ja. Wir waren auf dem Markt, kurz vor der Schließung, um etwas zum Beißen zu holen, da haben wir deine Tölen gesehen. Und weil sie uns seit unserer Spritztour von damals ein wenig kennen, sind sie ohne Probleme mitgekommen.«

»Das ist ja mal eine gute Nachricht! Vielleicht gar die Nachricht des Jahrhunderts. Aber was haben die Hunde denn dort gemacht?«

»Na, sie haben was zum Fressen gesucht. Wie wir. Das hättest du dir doch denken können: Wer Hunger hat, sucht immer die gleichen Orte auf. Früher oder später hättest du deine Hunde dort gefunden.«

»Okay. Ich lasse Casa und das Fräulein bei dir und bringe die Hunde zu Myriam. Dann komme ich wieder, und dann sehen wir, was wir machen können.«

»Und bring was zum Essen mit, Schreiberling!«

»Ich werde daran denken.«

Nun war Myriam zu Hause, aber sie wollte mir nicht aufmachen.

»Gehen Sie zur Polizei«, sagte sie hinter der Tür. »Gehen Sie zur Polizei, ich habe Ihnen nichts mehr zu sagen.«

»Aber ich habe Ihre Hunde, Mirza. Sie sind im Wagen, ich kann sie doch nicht der Polizei übergeben.«

»Papperlapapp, Sie sind ein Schwindler, mit Ihnen will ich nichts mehr zu schaffen haben. Und nennen Sie mich nicht Mirza, schließlich haben wir noch keine Schweine zusammen gehütet.«

»Gut, Madame Vanderarden, Ihre Hunde sind

im Auto, und ich bringe sie zurück. Das ist der Beweis, daß ich sie nicht gestohlen habe.«

»Ich glaube Ihnen nicht. Man hat mich vor Ihnen gewarnt.«

»Vor mir? Was soll denn das nun wieder? Wer hat Sie vor mir gewarnt?«

»Alle. Die Polizei, der Bürgermeister, das Veterinäramt, und sogar Brigitte Bardot hat gesagt, daß alle Journalisten Halunken wären. Und sie weiß, wovon sie spricht, die arme Frau. Nach allem, was Sie ihr angetan haben!«

»Ich bitte Sie, Madame Vanderarden – als die BB von der Bühne abtrat, war ich noch keine zehn Jahre alt. Was soll ich denn jetzt mit den Hunden machen, die Sie mir freundlicherweise ausgeliehen haben? Soll ich sie freilassen, oder nehmen Sie sie zurück? Aufs Revier bringe ich sie auf keinen Fall. Also, entscheiden Sie sich, ich bin in Eile. Soll ich die Wagentür aufmachen und sie laufenlassen, oder öffnen Sie mir?«

Sie zögerte eine Weile, dann sagte sie: »Und Sie schwören mir, daß Sie nicht gekommen sind, um noch mehr Hunde zu stehlen?«

»Ich schwöre es Ihnen bei meinem Leben. Wenn ich lüge, komme ich in die Hölle.«

»Dann bringen Sie die Hunde her.«

Doch die Tölen hatten keine Lust, in den Zwinger zurückzukehren. Sie hatten wohl den Ort wiedererkannt, und ich mußte sie nacheinander aus dem Wagen zerren und sie Mirza in die Hand drücken. Das gestaltete sich um so schwieriger, als die fette Kuh mir nicht erlaubte, das Haus zu betreten. Ich mußte jedes einzelne Vieh mit Gewalt durch den Türspalt schieben. Der letzte Hund, der größte und fieseste – der, der aussah wie ein Schäferhund –, nutzte die Gelegenheit und biß mich kräftig in die Hand. Schnapp! Nun hatte ich zehn kleine Löcher im Fleisch. Mistvieh!

Ich zeigte Mirza, daß das Blut nur so strömte, aber sie ließ sich nicht erweichen.

»Nein, nein, nein, ich kann Sie nicht verarzten! Gehen Sie ins Krankenhaus!«

»Geben Sie mir wenigstens Watte oder einen alten Lappen, sonst tropft das Blut überallhin.«

»Das wird Ihnen eine Lehre sein, sich über brave Leute lustig zu machen!«

Und sie schlug mir die Tür vor der Nase zu.

Zwei Stunden später, nach einem Umweg über den Notdienst, wo man mir zehn Knopfnähte verpaßte, war ich wieder in Jonnelières.

Casa stand vor der Barrikade. Kaum sah er den Wagen kommen, stürzte er auch schon fuchtelnd auf mich zu. Er war ganz bleich, sein Haar stand ab, sein Bart war zerzaust und zerknittert, als sei er in einen Staubsauger geraten.

»Mensch, wo warst du denn? Sie sind schon seit fast einer Stunde wieder weg.«

»Weg? Wer?«

»O Mannomann! Die Obdachlosen natürlich. Sie haben sich vom Acker gemacht.«

»Wohin sind sie gegangen?«

»Sie wollen den Supermarkt stürmen.«

»Was ist denn das schon wieder für eine Räuberpistole?«

»Du sagst es, Junge. Als Räuberpistole ist sie gar nicht mal so schlecht. Los, wir dürfen jetzt keine Zeit verlieren. Mit ein wenig Glück sind wir vor ihnen dort. Sie sind ja zu Fuß.«

»Und das Fräulein?«

»Sie ist mitgegangen, um das Schlimmste zu verhindern. Aber die waren außer Rand und Band.«

»Was ist denn passiert?«

29

Ich mußte Casa ziemlich Druck machen, damit er mir überhaupt etwas erzählte, so entsetzt war er über den Zustand seines Wagens. Natürlich sollte ich eingestehen, daß sein Auto mit den Hundehaaren auf dem Rücksitz und dem Blut auf Lenkrad und Armaturenbrett aussah wie ein irakischer Ziegentransport nach der Kontrolle durch eine amerikanische Armeesperre. Doch hatten wir Zeit, uns wegen Kleinigkeiten zu streiten? Ganz bestimmt nicht.

Alles hatte kurz nach meinem Weggang begonnen.

»Au weia, das Chaos! Das hättest du sehen sollen, Großer. Echt Horror. Und ich habe schon einiges erlebt, das kannst du mir glauben … Es war ein bißchen so wie damals bei dem Fall in Saint Quay-Portrieux. Erinnerst du dich? Als die Fischer uns verfolgt haben und uns mit Bergeisen schlagen wollten, um sich für ihr Unglück zu rächen. Also, hier war es ähnlich. Nur daß diese Irren nicht auf mich losgegangen sind, sondern auf die Wachen im Supermarkt und auf die Gesellschaft überhaupt. Ziemlich finster …«

»Aber was hat sie denn plötzlich so in Wut versetzt?«

»Lavergne, Großer. Lavergne. Gleich nachdem du weg warst, tauchte er mit Martingal auf und wollte unsere Jungs für seinen Artikel interviewen.«

»Und du hast das zugelassen?«

»Ja, schon. Warum hätte ich es ihm auch verbieten sollen? Gut, der Typ ist ein Stück Dreck, aber das ist noch lange kein Grund, ihn an der Arbeit zu hindern.«

»Also gut, und dann?«

»Dann, na dann hat deine Freundin sich eingemischt. Also, wirklich, Hut ab! Jetzt verstehe ich Martingal – deine große Blonde ist wirklich eine Aufwieglerin.«

»Na klar, jetzt ist alles ihre Schuld, darauf habe ich nur gewartet!«

»O Mann! Ich sage doch nicht, daß es ihre Schuld ist, ich weiß ja, daß du an diesem ganzen Chaos schuld bist. Aber kaum hat sie den Mund aufgemacht, sind unsere Jungs an die Decke gegangen. Ich stelle das nur fest. Hätte sie Lavergne seinen Job machen lassen und nichts gesagt, müßten wir jetzt nicht hinter diesen Verrückten herlaufen.«

»Was hat sie denn gesagt?«

»Genau weiß ich das nicht mehr … Wie auch immer, Lavergne rückte an und sprach mit den Jungs. Am Anfang war alles ganz normal, das übliche Gelalle – daß er eine Reportage über ihre Situation machen will, daß ihre Not ihn betroffen macht, daß es ein Skandal ist, was hier passiert, daß die Sache publik gemacht werden muß und so weiter und so fort. Außer dem Gierhals – du weißt, dem mit der Kohle – haben alle zugehört, ohne zu mucksen. Dem guten Lavergne wird's irgendwann fad; da er keine Antworten kriegte, fiel ihm auch nichts mehr zu fragen ein. Und das Ambiente tat ein übriges. Dieser heruntergekommene Kasten mit der Barrikade davor und wir dahinter – wie bei der Pariser Commune. Also, was ist jetzt, fragt er. Kriege ich mein Interview oder nicht? Die Jungs haben sich angesehen und wußten nicht recht. Und da trat deine Furie in Aktion:

›Ihr dürft diesem Burschen kein Wort glauben!‹ kreischte sie los. ›Ihr seht doch, wohin es euch gebracht hat, mit Journalisten zu sprechen – man droht euch mit Zwangsräumung, schimpft euch Hundediebe, und bald wird man euch auch noch beschuldigen, Hundefänger für Tierversuchslabore zu sein!‹

›Was ist denn das nun wieder für eine Geschichte – Tierversuche?‹

›Fragt ihn! Er hat heute morgen davon gesprochen.‹

›Na, na, immer mit der Ruhe, junge Frau! Ich habe gar nichts gesagt. Ich habe nur wiederholt, was ich auf der Pressekonferenz gehört habe.‹

›Und was war das?‹

›Daß diese Hunde von zwei Männern, die sich als Journalisten ausgaben, aus dem Tierheim geholt wurden und daß diese Geschichte vielleicht etwas mit Ihrem Fall zu tun hätte.‹

›Verdammte Scheiße! Warum muß man denn immer alles uns in die Schuhe schieben?‹

Und dann sind sie ausgerastet. Vladi, Cédric, der Gierschlund und die anderen haben gebrüllt, was das Zeug hielt. Ein Geschrei, ein Gefluche, ein Gezeter! Als hätte all die Wut, die sie seit jeher aufgestaut hatten, endlich ein Ventil gefunden. Der Gierschlund wollte mir gleich ans Leder – um sich für alles Übel zu rächen, das man ihnen angetan hat, sagte er. Und Vladi packte Cédric am Kragen und brüllte:

›Du sehen, was reden gut! Wir nix reden! Nie reden mit Fremden!‹

Du kannst dir denken, daß ich gar nichts gesagt habe, sondern nur versuchte, mich dünne zu machen. Ich kenne solche Ausbrüche zu gut – da braucht es immer einen Sündenbock, auf den man draufhauen kann, um den Überdruck loszuwerden. Und weil sie alle getrunken hatten, konnte man ihnen mit Vernunft sowieso nicht mehr kommen.«

»Und das Fräulein? Was hat sie gesagt? Was hat sie gemacht?«

»Ich glaube, sie hat versucht, die Jungs zu beruhigen. Aber welcher Mann hört schon auf ein leises Frauenstimmchen, wenn er vor Wut schäumt? Das verpufft doch.«

»Und Lavergne und Martingal?«

»Kaum hatte Martingal den ersten Schlag abbekommen, rannte er zu seinem Wagen. Lavergne hingegen blieb stehen. Ich weiß nicht genau, was er gesagt hat, aber ich habe gesehen, wie er ausladend mit den Armen gewedelt hat – als wollte er eine Explosion beschreiben.«

»Und dann?«

»Dann fiel das Wort ›Supermarkt‹. Keine Ahnung, wie es dazu kam, aber plötzlich brüllten es alle durcheinander wie eine Hetzparole. Sie waren nicht mehr davon abzubringen. Das ging vielleicht fünf oder zehn Minuten so. Und wo die Dinge nun mal entschieden waren und man sie sowieso grundlos vor die Tür setzen würde, haben sie beschlossen, daß sie dann auch genausogut den Müllcontainer des Supermarkts aufbrechen könnten.«

»Und warum bist du nicht mitgegangen?«

»O Mann! Ganz einfach, weil sie es nicht wollten. Ich habe doch eben gesagt, daß sie mir zuvor eine überbraten wollten, also habe ich nicht darauf bestanden, mitzukommen. Casa hält den Ball flach. Aber dein Fräulein ist mitgegangen. Lavergne und Martingal auch, aber im Wagen und in sicherer Entfernung. Ich habe Lavergne gefragt, ob bei ihm noch ein Platz frei sei, aber er meinte nur, ich solle verrecken.«

»Und ich dachte, wir wären aus dem Schneider, wenn ich die Hunde zurückbringe.«

»Na ja, das beweist nur, daß man überhaupt nie aus dem Schneider kommt, wenn man bis zum Hals in der Scheiße steckt. Aber, sag mal, hast du Rochembault angerufen?«

»Rochembault kann mich mal! Hier geht es nicht mehr um Journalismus.«

»O Mann! Und worum geht es deiner Meinung nach dann?«

Ich sparte mir die Antwort. Ich sah auf die graue Straße vor der Kühlerhaube und hin zu den viereckigen Gebäuden des Gewerbegebiets von Arras, die sich in der Ferne am Horizont abzeichneten.

30

Wir waren noch nicht einmal auf den Parkplatz abgebogen, als uns ein Polizeibus mit heulender Sirene überholte. Ich schloß die Augen. Ich bin nicht besonders fromm. Ich glaube eigentlich nicht an den lieben Gott und sein Auge, das auf allen unseren Taten ruht, aber ich schwöre, daß ich ein Gebet an ihn und alle Heiligen ausgestoßen habe.

Etwa zwanzig Sekunden nach den Bullen erreichten wir den Parkplatz. Überall lagen Einkaufswagen herum, neben dem Lieferanteneingang brannte ein großer Haufen Kartons. Der Polizeibus und zwei Streifenwagen standen mit offenen Türen herum, das Blaulicht blinkte auf dem nassen Asphalt und leuchtete durch den Tränengasnebel.

Die verängstigten Supermarktkunden verkrochen sich in ihren Autos und verfolgten die Szene. Überall Scheinwerfer.

Und dort drüben, am Ende des Parkplatzes, standen unsere Obdachlosen, in Schach gehalten von den Gummiknüppeln der Wachen und der Polizisten; sie brüllten und gestikulierten und schützten ihre Köpfe und Rücken vor den Schlägen, die brutal auf sie niedergingen. Geschrei, Geheul. Eine weitere Tränengasgranate explodierte, und im Dunst ging ein blonder Haarschopf zu Boden wie ein gefällter Baum.

Um die brutale Schlägerei zu stoppen, rannten Casa und ich los, wir rannten, bis uns die Puste ausging. Doch es war zu spät. Die Obdachlosen flohen zu dem Hügel am Rand des Gewerbegebiets, Polizei und Wachen zogen sich zum Lieferanteneingang zurück, wo Lépice auf sie wartete.

Und da sah ich ihn. Er lag auf dem geteerten Boden. Allein auf diesem schwarzen Meer. Ich kniete mich neben ihn und konnte nur noch sagen: »Cédric?«

Ich nahm ihn in die Arme. Stützte seinen Kopf mit den Händen, drückte sie auf das Loch im Kopf, aus dem das Blut rann.

Seine Augen waren weit aufgerissen, er keuchte. Noch nie hatte ich so traurige blaue Augen gesehen, so entsetzt von dem, was ihm zugestoßen war. Er blickte mich an, und ich sah, daß er mich anflehte, sein Sterben aufzuhalten, ihn am Leben zu erhalten. Niemals werde ich diesen Blick vergessen. Nie. So viel Trauer lag darin, so viel Angst, so viel schreckliches Leid – alles, was sein Leben je schön gemacht hatte, hatte gerade seine Seele erfüllt: die rosa- und kupferfarbene Sonne, die am Horizont untergeht, die Hand seiner Mutter auf seiner Kinderwange, der Duft des Grases, den der Regen auf einer Sommerwiese niedergedrückt hat, die gastliche Wärme einer golden erleuchteten Bar in der Nacht; ein Spaziergang durch frühlingshafte Straßen mit einer Frau, die man noch nicht geküßt hat. All dieses Leben, das plötzlich so wertvoll war, sah er mit unendlicher Verzweiflung vergehen. Doch er war so schwach, daß er nicht einmal mehr über dieses Wunder weinen konnte, das in seinem Leib und seinem Inneren verblich. Er sah durch mich hindurch, als wolle er sich noch einmal an der Welt und dem Leben weiden. Er röchelte. Kurze, schnelle schluchzende Atemzüge wie bei einem verängstigten Welpen. Ich hielt seinen Kopf und war machtlos. Ich sah nur seinen Blick, voll der Trauer über den Gedanken, das Leben zu verlieren, und hätte am liebsten geheult.

Und keiner soll mir jetzt sagen, der Tod sei wie der Schlaf. Dieser Mann ist nicht eingeschlafen! Vom Grauen gepackt mußte er miterleben, wie es zu Ende ging.

Er rührte sich nicht. Nur sein Atem und sein Blick schrien vor Angst und Verzweiflung. Das tat mir so weh, so weh. Und ich konnte nur fassungslos zusehen, wie es langsam mit ihm zu Ende ging. Ein Röcheln entfuhr seiner Kehle wie ein Enterhaken, mit dem er hoffte, sich noch eine weitere Sekunde ans Leben zu klammern. Dieser Atem war nur mehr seine einzige Verbindung zur Welt. Es schmerzte mich so … Ich schämte mich, da zu sein und nichts anderes tun zu können, als ihm beim Sterben zuzusehen, zuzuhören, wie er langsam erlosch. Ich konnte nicht einmal seine Qual, sein abgrundtiefes Leid lindern. Nie habe ich so viel Trauer in einem Blick gesehen, noch nie so viele Tränen in einem Atemhauch. Er starb in Angst und Leid, und der ganzen Welt war es gleichgültig.

31

Die Polizei hat Casa, das Fräulein, Lavergne, Martingal und mich stundenlang verhört. Ich habe alles erzählt, von Anfang bis Ende, habe nichts ausgelassen. Alle anderen habe ich entlastet, ohne daß ich mich dazu zwingen mußte. Ich war so traurig, daß ich nicht mal mehr die Kraft hatte, mich zu schämen.

Sie hörten mir die ganze Zeit mit großer Aufmerksamkeit zu und stellten eine Menge Fragen. Sie haben meine Aussage Wort für Wort überprüft. Sie riefen Mirza an, die die Gelegenheit nutzte und meine Hinterlistigkeit und die Lügen, zu denen Journalisten fähig sind, noch mal in glühenden Farben schilderte. Dann telefonierten sie mit Rochembault, der die Polizei aufforderte, mich durch den Wolf zu drehen, dabei jedoch meine Hände zu schonen, damit ich weiter Artikel schreiben könne. Sie riefen den Bürgermeister an, der sagte, er würde mich verklagen. Sie sprachen mit meinem Fräulein, das jedoch nichts sagte. Sie befragten Lépice, der behauptete, seine Wachleute hätten in Notwehr gehandelt. Auch mit Lavergne wollten sie reden, doch er faselte was von »Berufsgeheimnis« und schickte sie in die Wüste. Und Martingal bat um Informationen für einen Artikel.

Am Ende sah mich der Kommissar an.

»Wäre da nicht die Leiche dieses Jungen im Leichenschauhaus, würde ich zu Ihnen nur sagen: Arme Sau. Aber so … da fehlen mir die Worte.«

Als Casa und ich das Revier verließen, war die Nacht schon hereingebrochen. Wir sind in seinen *American 2* eingestiegen und haben uns auf den Weg nach Paris gemacht. Im Radio war keine Rede mehr von den gestohlenen Hunden. Genausowenig wie von Cédrics Tod. Dafür gab es ein langes Interview mit dem Leiter des Postamts von Libourne, der erzählte, wie seine Leute in knapp zwei Wochen all die Briefe abfertigten, die Kinder aus ganz Frankreich an den Weihnachtsmann schrieben. Und ein Interview mit einem Chefkoch, der sein Rezept für getrüffelten Truthahn verriet. Und ein Feature über Geschenke in letzter Minute.

Ich bat Casa, das Radio auszuschalten.

So fuhren wir schweigend. Wir kamen am Gewerbegebiet und am Supermarkt vorbei, und am Straßenrand sah ich den Kadaver eines überfahrenen Hundes.

»Halt mal an.«

»Hä?«

»Du sollst anhalten.«

Casa fuhr rechts ran.

»Was ist denn los?«

»Ich bin raus. Ich bleibe hier.«

»...«

»Ich fahr nicht nach Hause, Casa. Ich kündige. Sag Rochembault, daß ... Ach, sag ihm gar nichts. Nur, daß du keine Ahnung hast, wo ich sei; das reicht.«

»Was hast du vor?«

»Ich weiß es nicht, aber ich will endlich etwas tun und nicht nur zugucken, wie die Welt vor die Hunde geht, damit ich denen davon berichten kann, die sowieso nie was daran ändern werden. Ich will ins wahre Leben eintauchen, Casa.«

»Hoffentlich kannst du schwimmen.«

»Lieber ertrinke ich, als anderen zu erzählen, wie toll die Wasserwacht ist.«

»Viel Glück.«

»Salut.«

Ich schlug die Tür zu, und der *American 2* verschwand in der Nacht.

32

Durch die Angeln der schlecht gesicherten Holztür sah ich kein Licht. Ich hörte auch nichts, aber ich war sicher, daß ich sie antreffen würde. Ich klopfte ein paarmal, doch nichts rührte sich.

»Ich weiß nicht, ob du mich hörst, Fräulein, und es ist mir auch egal. Ich will mich nicht entschuldigen, und ich will mich auch nicht rechtfertigen. Nein, ich will nur reden, will nur loswerden, was ich auf dem Herzen habe. Gerade eben habe ich an der Straße einen toten Hund gesehen. Überfahren, erschossen, keine Ahnung. Ließe sich wahrscheinlich eine prima Räuberpistole draus machen … Du weißt schon, eine von den lustigen Meldungen, mit denen ich mein Geld verdiene. Mord und Totschlag, Skandale, Blutrache, Vergewaltigungen, Einbrüche – Artikelchen, die man mit Wonne liest und die man genauso schnell wieder vergißt. Räuberpistole mit eingerostetem Lauf. Man weidet sich an einem billigen Drama, mehr nicht. Bisher war's mein Job, über die Kadaver zu berichten, die sprichwörtlich auf den Straßen Frankreichs herumliegen. Bis heute hab ich auch nichts Verwerfliches daran gefunden, ganz im Gegenteil. Ich war nicht betroffen, es war eben mein Job, andere verdienen mit was anderem ihr Geld. Heute weiß ich, daß Cédrics Blut meine Hände genauso besudelt wie die Augen der Leser. Ich werde hierbleiben, Fräulein. Ich hab aufgehört, zu glauben, daß bloßes Hingucken reicht. Ich weiß nicht, ob ich den Obdachlosen helfen kann, aber ich will es zumindest versuchen. So, das wär's. Und dann wollte ich noch sagen, daß ich jetzt, wo ich dich ein bißchen kennengelernt habe, gern was mit dir machen würde. Na ja, also …«

Ich blieb noch eine Weile vor der verschlossenen Tür stehen, dann wandte ich mich zum Gehen. Ich machte drei Schritte und hörte, wie die Tür aufging.

»Sag mal, Großer, wie heißt du eigentlich mit Vornamen?«

»Warum? Wozu ist das wichtig?«

»Wenn man damit aufhören will, außenstehender Beobachter zu sein, sollte man anfangen, ein Mensch zu werden. Und ein Vorname ist dabei hilfreich.«

»Rodolphe. Ich heiße Rodolphe.«

Weitere Bücher aus dem
SchirmerGraf Verlag

Ludovic Roubaudi

Der Hund von Balard

Roman. Aus dem Französischen von Gaby Wurster. 268 Seiten. Leinen mit Schutzumschlag und Lesebändchen. 2. Auflage

»Eigentlich hatten wir nichts, Marco, Tony, der Belgier und ich: keine Papiere, kein festes Dach überm Kopf, keine Kohle, keine Vergangenheit. Wir lebten frei nach Descartes: Cogito ergo sum. Was uns verband, war Sinn für Humor, der Job unter der Zirkuskuppel auf dem ehemaligen Werksgelände von Citroën, für den wir nichts als ein paar Armmuskeln brauchten, und dann und wann eine saftige Schlägerei, die wir regelmäßig im Polimago oder bei Mama Rose mit Rotweinpunsch begossen.

Bis uns eines Tages Weisnix zulief: ein räudiger, halbverhungerter Köter, mit wachem Blick und sympathischem Gesicht. Wir alle kapierten auf Anhieb, daß er etwas Besonderes war: ein echtes ›Subjekt‹, ein geborener Zirkushund. Plötzlich ging es nur noch um eines: unseren Traum vom eigenen Zirkus Wirklichkeit werden zu lassen.«

»Dieser Roman ist so schön und so traurig wie ein Lied von Edith Piaf.« *Le Monde*

»*Der Hund von Balard* trifft mitten ins Herz.« *Elke Heidenreich in »Lesen!«*

»Man wünscht sich mehr solche Bücher.« *Neue Zürcher Zeitung*

Ludovic Roubaudi
Die Feuerwehrfrau

Roman. Aus dem Französischen von Gaby Wurster. 208 Seiten. Leinen mit Schutzumschlag und Lesebändchen

Jeder kleine Junge will Feuerwehrmann werden – und jedes große Mädchen träumt von einem. Wie aber sieht es umgekehrt aus? Erfolgsautor Roubaudi geht der wichtigen Frage mit Witz, Tempo und viel Gefühl nach. Die schrägste Satire, seit es Männer und Frauen gibt, spielt dort, wo die Männlichkeit in ihrem Element ist: bei der Feuerwehr.

»Daß Malavoie eine harte Nuß sein würde, war uns allen klar. Die Sache mit den Kuhaugen in der Suppe hat er ja noch geschluckt – im wahrsten Sinne des Wortes. Aber jemand, der sich selbst für die vollendete Männlichkeit hält, kommt schon mal in die Bredouille, wenn ihm eine Frau als Chefin vor die Nase gesetzt wird. Unsere beschauliche Routine bei der Feuerwehrbrigade mitten in Paris-Saint-Germain kam jedenfalls ganz schön ins Schleudern bei der Ankunft von Madame … Aber Chaos bei der Feuerwehr kann äußerst gefährlich sein – lebensgefährlich. Also mußten Alex, Tirpitz und ich uns etwas Wirksames einfallen lassen, um unseren Erzmacho Malavoie zu kurieren. Und das taten wir dann auch.«

»… der mit Sicherheit charmanteste Beitrag zum Thema Frauenquote seit langem.« *Brigitte*

»Roubaudi glänzt durch feine Ironie und seinen Fundus aberwitziger Feuerwehr-Einsätze … perfekt für ein Schaumbad oder eine Zugfahrt« *dpa, Sandra Trauner*

Stéphane Audeguy
Der Herr der Wolken

Roman. Aus dem Französischen von Elsbeth Ranke. 309 Seiten mit 1 Abbildung. Leinen mit Schutzumschlag und Lesebändchen

Akira Kumo, international gefeierter Modeschöpfer in Paris, zieht sich aus dem Berufsleben zurück, um sich einen Lebenstraum zu erfüllen: Seine Bibliothek zum Thema Wolken und Meteorologie soll geordnet und klassifiziert werden. Er stellt dafür die junge Bibliothekarin Virginie Latour an. Tag für Tag, Woche um Woche erzählt er ihr die Herkunft und Geschichte der einzelnen Bände: die des Quäkers Luke Howard, der als erster die verschiedenen Wolkentypen benannte und darüber mit niemand Geringerem als mit Goethe korrespondierte; die des melancholischen Malers Carmichael oder die des Weltreisenden Richard Abercrombie … eine schwindelerregende Tour de force des Erzählens, die zweihundert Jahre Geschichte der Meteorologie umspannt, eine Geschichte, die Dichter, Maler und Forschungsreisende gleichermaßen fasziniert und beeinflußt hat. Bis Kumo am Ende beim schrecklichen Geheimnis seiner eigenen Kindheit in Hiroshima anlangt … Ein eleganter, poetischer Abenteuer-Wissenschaftsroman, der ebenso beunruhigt wie bezaubert.

»Eine Geschichte zwischen Fakten und Phantasie, in märchenhaftem Ton erzählt – himmlisch.« *FOCUS*

»… eine wunderbar erzählte Geschichte und ein faszinierender Wissenschaftsroman, nach dessen Lektüre man die so selbstverständlich erscheinenden Wolken am Himmel plötzlich ganz anders betrachtet.« *Stern*

Abe Opincar

Am Abend, als ich meine Frau verließ, briet ich ein Huhn

Ein kulinarischer Roman. Aus dem Amerikanischen von Rudolf Hermstein. 228 Seiten. Leinen mit Schutzumschlag und Lesebändchen

Ein literarisches Fundstück für jeden, der gerne liest, gerne kocht, gerne ißt.

»Als meine Mutter mit mir schwanger war … saß sie den ganzen Sommer in der abgedunkelten Küche und aß Eier, deren Dotter wie kleine Sonnen auf ihrem Teller leuchteten. Während sie mich unter dem Herzen trug, sagt sie, roch die Küche immer nach brauner Butter … Es gibt kaum etwas, was mir besser schmeckt als kurz gebratene Spiegeleier oder weichgekochte Eier mit heißem, glattem, zerfließendem Dotter.«

Bei Abe Opincar lösen nicht Photoalben, sondern Speisen Erinnerungen aus – jede Speise, jeder Duft, jede Eßgewohnheit ist für ihn Anlaß, kuriose, manchmal melancholische Lebensgeschichten zu erzählen. Er läßt dabei einen ganzen Kosmos an Gerüchen, Geschmäckern, Gefühlen erstehen. So entsteht aus den Stationen seiner persönlichen Biographie eine oft witzige, manchmal melancholische, immer kenntnisreiche Kulturgeschichte des Essens.

»Ein beglückendes Schwelgen in gutem Essen, selbst wenn die Erinnerungen, die es hervorruft, bittersüß sind.« *USA Today*

Olivier Adam
Am Ende des Winters

Erzählungen. Aus dem Französischen von Carina von Enzenberg. 157 Seiten. Leinen mit Schutzumschlag und Lesebändchen

Der Überraschungsbestseller aus Frankreich, dort gefeiert als literarisches Ereignis. Adams Helden sind Nighthawks, einsame Schwärmer, die alle ahnen, daß es das Glück gibt, irgendwo, und daß sie nur die Hand danach ausstrecken und es festhalten müssen.

Es ist der zarte Lichtstreif am Horizont, das Streicheln über den Kopf eines schlafenden Kindes, der vage Traum vom Familienglück, der diesen Geschichten ihre einzigartige Emotionalität und Wehmut und Wärme verleiht. Ihre Helden stehen nicht am Rande der Gesellschaft, sondern mittendrin, sie ahnen, daß es so etwas wie Glück gibt, aber auch, wie flüchtig und zerbrechlich es ist.

»Geschrieben mit einem Zartgefühl, so sanft wie fallender Schnee.« *Le Nouvel Observateur*

»Ein karger, präziser, mitreißender Text … eine berückend schöne Eisblume.« *Frankfurter Allgemeine Zeitung*

Olivier Adam
Leichtgewicht

Roman. Aus dem Französischen von Florian Glässing. 159 Seiten. Leinen mit Schutzumschlag und Lesebändchen

Tagsüber Totengräber, abends Boxer – Antoine, der Held des in Frankreich gefeierten und bereits verfilmten Romans von Olivier Adam, verleiht einer ganzen Generation die Stimme.

Ein Job beim Beerdigungsunternehmen: nicht gerade ideal für jemanden, den die Trauer über den Verlust der eigenen Familie auffrißt. Abends steigt Antoine in den Boxring, um sich für das nächste Match vorzubereiten, denn Chef, sein Trainer, ist der einzige, dem er noch etwas beweisen will. Bei jedem Schlag gegen den Sandsack sind sie wieder da, die Bilder von dem Haus im Süden, von den Steinen, der Sonne, den Platanen, dort, wo Antoine aufgewachsen ist, wo er mit seiner Schwester Claire Verstecken spielte, wo der Vater neapolitanische Lieder sang, wenn er von der Schicht nach Hause kam. Doch nun: Erde schaufeln, Tränen schlucken, Bier trinken, viel Bier.

Nach dem letzten Match steigt Antoine in den Zug nach Süden. Er trifft dort ein Mädchen, das ähnlich rötliches Haar und eine sommersprossige Haut hat wie Claire …

»Schon nach den ersten zehn Zeilen merkt man: Der hat den Sound.« *Le Monde*

János Székely
Verlockung

Roman. Aus dem Ungarischen von Ita Szent-Iványi. 812 Seiten. Leinen mit Schutzumschlag und Lesebändchen. 5. Auflage

»Von der Donau her wehte ein lauer Wind, der Blumenduft und ein paar Fetzen einer fernen, fast unwirklichen Musik mit sich führte. Es war alles wie ein Traum …«

Béla kann sein Glück kaum fassen, denn noch scheint diese Welt im Luxushotel, wo er seit kurzem als Liftboy arbeitet, unerreichbar für ihn: ebenso verführerisch wie gefährlich, bevölkert von Spionen, korrupten Gestalten aus der Halbwelt und gleichzeitig den Reichen, Schönen, die nur nachts zu leben scheinen …

Gerade erst ist Béla seiner Kindheit entronnen, die er als eines von acht Pflegekindern bei der berüchtigten Tante Rozika auf dem Dorf verbrachte, wo er auf Stroh schlafen und für sein Essen arbeiten mußte. Als Béla mit vierzehn in die Budapester Vorstadt zieht, ist sein Entschluß gefaßt: Er will die Armut hinter sich lassen und sie erobern, diese märchenhafte andere Welt. Als im Hotel eines Nachts die geheimnisvolle schöne Gattin Seiner Exzellenz nach ihm klingelt, glaubt Béla seine Stunde gekommen.

»Ein wirklich großer Roman, der alles vereint: erzählerische Kraft, Sozialgeschichte, Witz, Wut, Trauer, Liebe und Idealismus.« *Brigitte*

»Man kann für dieses Buch in unbändige Begeisterung entflammen.« *Adam Olschewski in der »Neuen Zürcher Zeitung«*